醉美文摘
Zuimei Wenzhai

醉美文摘

一路开花 陈晓辉／主编

将来的你 一定感谢现在拼搏的自己

煤炭工业出版社
·北京·

图书在版编目（CIP）数据

将来的你　一定感谢现在拼搏的自己 / 一路开花，陈晓辉主编. --北京:煤炭工业出版社,2018(2023.2 重印)

(醉美文摘)

ISBN 978-7-5020-7020-5

Ⅰ.①将…　Ⅱ.①一…　②陈…　Ⅲ.①故事—作品集—世界　Ⅳ.①I14

中国版本图书馆 CIP 数据核字（2018）第 248257 号

将来的你　一定感谢现在拼搏的自己（醉美文摘）

主　　编　一路开花　陈晓辉
责任编辑　马明仁
编　　辑　郭浩亮
封面设计　宋双成

出版发行　煤炭工业出版社（北京市朝阳区芍药居 35 号　100029）
电　　话　010-84657898（总编室）　010-84657880（读者服务部）
网　　址　www. cciph. com. cn
印　　刷　北京飞达印刷有限责任公司
经　　销　全国新华书店

开　　本　710mm×1000mm 1/16　**印张**　14　**字数**　220 千字
版　　次　2019 年 1 月第 1 版　2023 年 2 月第 3 次印刷
社内编号　9900　　　　　**定价**　46. 00 元

目录
Contents

Chapter One

第二辑 Chapter Two

03 第三辑 Chapter Three

04 第四辑 Chapter Four

第五辑 Chapter Five

第一辑

Chapter One

一碗无法拒绝的炒饭

▶ 文 / 陈亦权

真诚才是人生最高的美德。

——乔叟

安德鲁是美国《慈善周刊》的记者，有一次，他被安排到南非一个极其贫困的塔鲁洼地区采访，因为那里不仅贫困，而且还遭受了一次非常严重的地震。他希望自己能把当地灾民最真实、最困难和最坚强的一面展现出来，以呼吁全世界有更多的人参与到慈善事业中来。

那天，安德鲁来到塔鲁洼地区一个叫古萨的小村落里，这里是受灾程度最重的村落之一，几乎所有的房子都已经倒塌，死伤的人数也很多。年迈的村长统一保管着数量十分有限的一点救助食物。

安德鲁访问了一些人，又拍了一系列的照片后，已经到了吃中饭时间了，安德鲁刚想回到车子里去吃点食物，这时，一位村民跑过来对他说："安德鲁先生，我们为您准备了一碗洋葱炒饭，您快去吃吧！"

“不、不！我车上有一些食物，我去车上吃就行了！”安德鲁正这样说着，村长已经带着另外几个人走过来了，村长的手上端着那碗还冒着热气的洋葱炒饭。

村长把那碗炒饭递到安德鲁面前，说：“你的肚子一定很饿了，快吃了这碗炒饭吧！”

安德鲁有些不知所措地把那碗炒饭接到手里，但是，他却怎么也舍不得吃，这个地方本身就这么贫困，而且刚刚遭受过地震，食物一定非常紧缺，在这个时候，怎么能够吃他们的炒饭呢？那和从他们的口中抢夺粮食没什么两样！于是安德鲁再次拒绝说：“我真的不饿，况且我车上还有食物，这碗饭还是你们自己吃吧！”

“不！我们的面包很快就要蒸熟了，你吃！”好客的村长说。

听了这话，安德鲁更加不好意思吃了，在这个时候，一碗炒饭无异于是一种奢侈品，他们自己只是吃面包填肚子，却拿出洋葱炒饭来招待自己，他呆呆地看着眼前这碗饭，不忍下箸。

这时，村长似乎发现了些什么，他脸色一沉，对那个最初叫安德鲁去吃饭的人说：“这碗炒饭是谁炒的？”

“是我炒的！”那位族人回答。

村长把那人拉到一边，安德鲁隐隐听见村长说：“我之前就已经提醒你了，他们城里人是非常注意卫生的，但是你看看你的碗，是多么陈旧，看上去非常不卫生，你让他怎么吃？”

那位村人委屈地说：“是的，我按你的要求做了，可这已经是我家里颜色最为鲜亮、看上去最为干净的一只碗了！”

“这该怎么办好呢？”他们全都犯难了，呆呆地往安德鲁这边看过来。

刹那间，安德鲁明白了，原来这是一碗无法拒绝的炒饭！哪怕是这种善意的拒绝，也会给他们造成伤害，会让他们误以为自己在嫌弃他们！接着，安德鲁兴奋地大声说：“我现在觉得肚子非常饿，我必须要尽快把这碗炒饭吃掉！”说完，他就大口大口地吃了起来！

看着他狼吞虎咽的样子，包括村长在内的所有人都开心地笑了！

后来，安德鲁在他的南非日记中写道：“我终于明白，原来有时候善意的拒绝也会伤害他人，而有些时候，看似是一种残忍的接受，实际上却是莫大的尊重与友善！”

用宽容代替宣泄

文／陈亦权

闹时练心，静时养心，坐时守心，行时验心，言时省心，动时制心。

——金缨

暑假里，我受邀来到意大利安科纳市的一所中学，为一个补习班教两个月的中文。班里共有60位同学，他们都对中国文化充满兴趣。

这所中学的硬件设施很不错，阅览室、实验室、活动室等一应俱全，甚至还有几个专门供学生存放课外用品的储藏室，如旱冰鞋、棒球帽等。随着对环境一点点熟悉起来，我突然意识到他们这里少一个设施，那就是宣泄室！看来，这学校虽然硬件不错，可并不十分在意学生们的心理健康。正在我打算找机会向校长提这个建议的时候，一支小插曲改变了我的主意。

那天中饭后，我来到操场边的小公园散步，远远的，我看见个子瘦小的雷桑同学从远处跑来，在一个拐角处撞上了个子高高的富兰同学，富兰被撞了一个踉跄，虽然没有摔倒，但手中的一摞书本却全部掉在了地上。富兰愤怒地看着雷桑，不仅骂了一句粗话，还在他的胸口上狠狠推了一把，雷桑被推得跌坐在地上，但他并没有表现出什么不满，说了声对不起后，把书捡起来递到了富兰手中。

富兰拍了拍书上的尘土走开了，而雷桑则有些沮丧地继续往教学楼走去。

我心想雷桑现在一定憋了一肚子气，于是站起身来，一边想着学校确实迫切需要一个宣泄室，一边往楼上追去。我跑进教室没见他，跑进洗手间也没有，只剩下走廊尽头的图书室还没有找了，我想他现在该不会有心情看书吧？怀着试试看的心情，我走了进去，没想到雷桑果然坐在里面，他正捧着一本《智慧与宽容》的书在看，见我进来，他很有礼貌地站起来向我问好，我问他，现在是不是心情特别不好。

“没有啊！”雷桑回答我说。

“我一定要跟校长反映，为你们增加一个宣泄室。”我叹了一口气说。

我这话似乎把雷桑吓了一跳，他一脸困惑地看着我说：“为什么？”

我说宣泄室的功能众所周知，在许多国家的许多工厂和学校都有配置，那里面往往安置着几个橡胶人偶，或者几个能砸出巨响但不会破碎的铁盘子等等，总之就是供人在里面发泄怒气、缓解压力，这样可以维持一个人的心理健康！

“不，我们不需要宣泄室！”雷桑说，“如果我们一直都生活在有宣泄室的地方也就罢了，可是万一是在街道上、在车站里、在飞机上甚至是在家庭中受到委屈，怎么办？那些地方都没有宣泄室，我总不至于要把宣泄的拳头伸向无辜的行人，或者飞机上素不相识的旅客，甚至是家中的父母吧？”

“这……”我不禁语塞了。

“我们完全无须宣泄，我觉得真正能够维持一个人心理健康的，只有智慧、理解和宽容！”雷桑晃了晃手中的书说。

我愣住了。是的，宣泄的最大可能是不断使自己的性格变得更野蛮和浮躁，而只要心中充满智慧、理解和宽容，那么所有的失落与怨恨、委屈与愤怒都无法在我们心中生根！如果说宣泄是治标不治本的“扬汤止沸”，那么，让自己充满智慧、理解与宽容，才是一种既治标又治本的“釜底抽薪”！刹那间，我意识到自己之前的想法确实是错了。

正这样想着，富兰从门口走了进来，他满脸愧意地来到雷桑面前说：“对不起，刚才我看到我最心爱的书落在地上，实在是太冲动了，我向你道歉，希望你能原谅我……”

“不，这没什么，换成是我，我可能会用拳头揍黑你的眼睛！”雷桑提起拳头在富兰的胸口轻轻击了一拳，两个人都笑了，笑声里充满着阳光和友谊，理解与宽容！

绿水晶里的红心斑

▶ 文 / 陈亦权

爱别人，也被别人爱，这就是一切，这就是宇宙的法则。为了爱，我们才存在。有爱慰藉的人，无惧于任何事物、任何人。

——彭沙尔

恩雷特是这座英格兰小城里最受爱戴的人。

他是最有名的古董收藏家，也是最有钱的富翁，而且还是这座小城里最大的慈善家，他出资建造过两所小学和一座敬老院，还曾无数次出钱请医生为贫困的穷人们治病。

有一点很遗憾，恩雷特的夫人不能生育，他们一直没有自己的孩子。眼见着自己的年纪一天天增大，恩雷特决定要收一位养子，以便将来有人能继承他的财产。

恩雷特把消息公布出去后，不到十天就有一百多个10来岁的孩子报了名，他们的父母有贫民、有流浪汉、也有富商甚至是政客。

恩雷特初选了 50 个孩子，然后在一个炎热的中午，把他们带到了一个大院子里。

那是一个奇怪的院子，里面像小山似的堆了许多石块、泥土和沙砾，那里面搅拌着许多小首饰、小挂件和小玉石。在院子另一个不起眼的角落里，零零落落地放着一些煤球和一只炉子，炉子上架着一把茶壶。

“孩子们，在这个院子里面，只有一样东西是最值钱的，当把那件东西对着太阳看的时候，能发现中间有一块红心斑！谁最先找到那个东西，我就认为谁最有发现财富的眼光，那么他也就是我所要找的人！”恩雷特说。

孩子们争先恐后地爬到大石堆上，他们手脚齐用，开始挖啊、刨啊，捡起这个对着太阳照照、捡起那个对着太阳照照，炎热的太阳晒得他们满头大汗，甚至浸湿了他们的衣裳，但没有人愿意就此放弃，他们继续努力寻找着！

这时，一位小男孩抬头看了看伙伴们，走下石堆问恩雷特说：“恩雷特先生，您这儿有茶吗？我想为他们倒一杯茶，大家都很渴了！”

恩雷特对这位小男孩有些印象，他的父母在很早以前就离开了人世，这些年来一直跟着善良诚实的爷爷生活。“茶？没有！”此刻，恩雷特不愿意与他说太多话。

“我看见那边有一只茶壶，我能去烧水吗？”小男孩朝那个角落里指了指说。

“茶壶里面本身就装有一壶冷水，你可以直接烧！”恩雷特一边从口袋里掏出火柴一边问，“你难道不怕别人比你抢先找到那件最有价值的东西吗？”

“天气这么热，我能帮大家烧一杯茶，同样也是一件很有意义的事情！”小男孩接过火柴，走到那个角落里生好炉子，烧起了开水。

茶壶里的水没多久就开了，为了使它尽快冷却，小男孩提起那只茶壶，把茶壶的一半浸入冷水中……

就这样，开水很快变成凉茶，小男孩拿来杯子，一杯杯地逐一给小伙伴们递茶，等所有人都喝过以后，他又为恩雷特倒了一杯。然而，等他想要为自己倒的时候，茶壶里已经没有茶了！

小男孩晃动了几下茶壶，希望能倒出最后几滴水来，就是这几下摇晃，茶壶里却隐隐传出类似小石头“卡沙卡沙”的撞击摩擦声。

小男孩打开一看，里面竟然是一块翠绿的水晶，小男孩好奇地拿起来往天上一照，他顿时兴奋得大叫了起来：“我找到了，这里面有一块红心斑！”

恩雷特用赞赏的眼光看着这一切。是的，小男孩找到了这块有红心斑的绿水晶，而对于恩雷特来说，他也找到了他希望找到的人！恩雷特站起身来宣布，他将收这位烧开水的男孩为养子！

“谁知道你会把绿水晶放在茶壶里？他是碰运气找到的，不算！”有许多孩子不服气地说。

“不！因为在所有人当中，只有他心里藏着关心与爱，也正因如此，他没有刻意去寻找，却在无意中找到了！”恩雷特说，“爱心才是最宝贵的东西，就像这块绿水晶，本身是一块非常普通的水晶，但正因为它的中间有一颗红心，所以才变得异常珍贵！”

这时，孩子们终于明白，其实恩雷特真正想让他们找到的，是一颗爱心，因为只要拥有爱，就拥有了一切！

5 号病房的歌声

▶ 文 / 尔东

爱就是充实了的生命，正如盛满了酒的酒杯。

——泰戈尔

在智利康塞普西翁市西郊有一座医院，它是在震后最早恢复正常运行的医院之一。在三楼的 5 号病房里，住着一位名叫瓦格勃的年轻人。

瓦格勃在地震中受了伤，家里的房子也成了一堆废墟，他的父母都因被屋顶掉下来的建筑材料砸中而受了重伤，目前住在走廊那头的另一间病房里。

瓦格勃的邻床住着一位精神状态非常不错的年轻人，他的两只脚无法走路，只能躺在病床上，但他似乎一点也不担心自己的身体，成天微笑着，见人就打招呼，还总是喜欢与人开玩笑，整个病房似乎也因此而轻松了不少。

但瓦格勃的心情却糟透了，这天晚上，他又因为担忧着无数问题而失眠了。父母的身体会康复吗？出院后自己将去哪儿上班？家里的那一堆废墟虽然还能勉强找出一些生活用品来，但今后住哪儿……

直到天亮以后，瓦格勃才朦朦睡去，可这时那位睡在邻床的年轻人却醒过来了，他睁开眼睛大声向大家问候，然后把头侧向瓦格勃说：“伙计，天亮了！”

有这么开心吗，你在这次灾难中尝到的苦头还不够吧！瓦格勃正这样想着，那位年轻人又朝瓦格勃抛来一句：“伙计，天亮了，起来聊聊天！”

瓦格勃终于忍不住了，他把脸转向那位年轻人说：“你很开心吗？地震让多少人失去了家园、失去了亲人、失去了健康甚至是生命！你是在把自己的快乐建立在别人的痛苦之上，知道吗？”

那位年轻人听后愣了一下，面带愧疚地说：“真对不起，你能说说你的境况吗？”瓦格勃这才缓了口气述说起了自己在地震中所遭受的一切，这让一旁的所有人都想起了自己，他们纷纷发出一声声的叹息，有的甚至还轻轻哭泣了起来，病房里的空气一下子变得沉重了！

那位年轻人“嗨”地一声打破气氛说：“在这个时候我们为什么不开心一下？外面的救援队还在努力地工作，或许我们开心的笑容才是所有人都更加愿意看到的！”说完，他轻轻唱起了每一位智利人都会唱的《感恩之歌》。

“你太过分了！”瓦格勃坐到了轮椅上准备离开病房，在来到门口的时候，一对中年夫妇走了进来，在那位年轻人床边坐了下来。

“你当然开心，你看你的父母都很好，可是我的父母都住进了医院，甚至连家都没有了，还怎么开心得起来？”瓦格勃这样想着心事，在走廊上发着呆。不久，那对中年夫妇从病房里走了过来，瓦格勃仰起头来对着他们说："实在抱歉，能叫你们的孩子别那么爱说笑，行吗？他有你们这么安然无恙父母当然开心，但是我实在是开心不起来！"

那对中年夫妇愣了一下，但是他们的回答却完全出乎瓦格勃的意料：原来他们并不是那位年轻人的父母，而是他邻居，他的父母都已经在地震中双双离开了人世，他们帮忙把年轻人的父母火化并安葬了，而现在，他们只是过来告诉他安葬父母的位置，最让无法相信的是，医生在前一天晚上曾告诉那位年轻人，他将在今天下午被截掉右脚！在临走前，那对夫妇对瓦格勃说："他刚才对我们说他用笑声和歌声感染了整个病房，但遗憾的是他不知道怎样才能走进你的心里，让你也恢复心情！"

原来，年轻人是在强颜欢笑，他把巨大的悲伤和痛苦忍在了内心底，而把微笑展露给大家，只是希望所有人在这个灾难刚过的时候，能从内心底升起更多的乐观精神和更大的战胜灾难的信心和力量！

刹那间，瓦格勃觉得亏欠了他许多许多，他连忙往病房赶去，那里面，此刻传出了更加美好的歌声，只不过已经不再是那位年轻人的独唱了，而是整个病房里的人都在唱！进入病房，瓦格勃和那位年轻人四目相对，相互露出了会心的笑容！瓦格勃也微微张开嘴巴，跟着大家一起轻轻唱起了那首《感恩之歌》……

太阳渐渐升高了，灿烂的阳光照到走廊上、照到病房里，伴着歌声，一切都是那么温暖而富有生机！

像彼得·巴菲特一样做“富二代”

文 / 尔东

人必须有自信，这是成功的秘密。

——卓别林

彼得·巴菲特是美国“股神”沃伦·巴菲特的儿子，他小的时候，父亲虽然还没有像现在这样名声显赫，但也已经是一位非常了不起的成功商人了。

那时候，巴菲特总是非常努力地工作，每周都要工作 6 天半，这种精神让年幼的彼得感受到了父亲生活和工作的艰辛，于是刻苦读书，不愿意给父亲增加任何一点不必要的负担。小学四年级的时候，学校举办了一次飞机模型比赛，但需要家庭自费购买模型。为了参赛，彼得来到父亲的公司，做了 15 天的“清洁工”，并用这些收入为自己购买了一架飞机模型，这使巴菲特明显地感受到了儿子的自强。

随着时间的推移，父亲的事业越来越成功，有权有势的高层朋友也越来越多。到了彼得中学快毕业的时候，巴菲特一位身任《华盛顿邮报》主编的朋友提出要帮彼得进入哈佛大学，然而，当巴菲特把这件事情当成一个好消息告诉彼得的时候，彼得却拒绝了："我不想投机取巧，也不想靠您的关系得到一些特殊的帮助！更何况您一旦行使自己的威望为我提供方便，那么您实际上是在削减自己的威望！"

就在那段时间，爱好音乐的彼得有一次欣赏完一位吉他手的演奏后，回去也写了一首曲子并录制到磁带中，第二天他和朋友开车去海边，车里播放着这首曲子，彼得听得完全陶醉了，他意识到自己的未来之路就是音乐！后来，彼得终于靠自己的能力考入了斯坦福大学，并在这所学府学习他感兴趣的音乐等课程。

从很大程度上来说，这就意味着彼得今后将不会与巴菲特同走一条路，但巴菲特并没有反对，他也希望自己的儿子能去追求自己热爱的事业，他甚至这样对彼得说："假使你宣布你的生活乐趣是捡垃圾，我会为你整天待在垃圾车上而感到欣慰！"

大学毕业后，彼得的祖父给了他价值 9 万美元的股票遗产，当时彼得的音乐事业正急需用钱，按理说他完全可以向父亲借钱甚至是要钱，但是彼得却提出要把祖父留给他的股票卖给父亲的公司，巴菲特用商人特有的眼光分析后告诉他说："这些股票会一直升值下去，不用几年可能就会变成数百甚至是数千万美元，你保存着吧，我另外出钱帮助你！"

彼得没有接受父亲的提议，他还是把股票以市值卖给了父亲，接着他拿着这笔钱来到了旧金山，建立了自己的音乐工作室。后来的时间里，为了生活以及追求梦想所需要的经费，彼得先后做过广告公司的业务员、快餐店的外送工等工作，从来不会向父亲要一分钱！

这种生活一直持续到 1981 年，一个动画制作人聘请彼得为一条广告作配乐，这个机会使他的音乐得到了很大的发展。几年后，彼得与“奈良田”唱片公司签约，为了顺利推出音乐专辑，彼得甚至卖掉了新买不久的公寓，最终，他的第一张曲集《等待》在业内颇受好评，也引起了许多电影制片人的注意。两年后，电视连续短剧《500国家》请他作配乐，他的音乐在当年获得了艾美大奖！从此，彼得凭着自己的努力和音乐才华，一步一步地实现了自己的理想之路，并最终成了一位知名度颇高的音乐家。

2006年，巴菲特宣布把85%的个人股份捐赠给比尔·盖茨的慈善基金会，作为股神的儿子，彼得不仅没有提出获赠的要求，反而也成立了自己的基金会，投身于慈善事业。

回顾自己的富二代生活，彼得·巴菲特常常这样感慨地说：“一个人如果成天无所事事，那么父母给拿再多的钱也不够挥霍；而如果学会了独立和坚强，则完全不需要父母给钱！”两句话，归纳起来其实就是一个意思：不需要父母的钱！

旅途中的童心

▶ 文 / 尔东

人生，不求活得完美，但求活得实在。

——佚名

办完事情后坐火车返回省城，这一趟车将要花去我三个小时的时间，如何度过这三个小时并不简单。打瞌睡又不安稳，看书又累眼，我只好选择坐在位置上发呆，渴望着快点到达目的地。

有两个孩子坐在我的对面，他们兴高采烈地看着窗外的小山坡、小河流、道路和村庄，无论什么进入他们的视线总是能引起他们的兴趣，他们兴致勃勃地指着外面喊："看，前面一棵大树！""前面有一座桥""看，有一座小山"……

他们一起发现着、欣赏着、讨论着。我问他们从哪儿来，他们告诉我从贵州来，已经坐了 17 个小时的火车了！就这么一路过去，三个小时后，好不容易到了终点站，我如释重负地站起来伸了个懒腰。就在我伸懒腰的时候，那两个小孩子有点不相信地说：“啊？到了？”似乎意犹未尽。

“我才坐了3个小时的车就觉得累，你们到现在已经整整坐了20个小时的火车了，难道还不觉得累？”我问那两个小孩子说。

“我们觉得很开心啊，一点都不累！”两个小孩满脸笑容地看着我说。

我猛然醒悟。人生其实就像是一次旅行，都向着各自的目标而去，眼睛牢牢地盯在目标上，最后自己也落得心力交瘁。在奔往人生目标的路上，一种急于求成的心态淹没了所有的风景，那种风景，可以是一点细微的进步，可以是一点细小的发现，也可以是一点稍纵即逝的感动……

这两个孩子没有太多地去想终点站三个字，他们带着童心的目光只注意去看离自己稍远处的一棵树、一座桥、一个村庄，用窗外每件事物把目标给分割了开来，并在每一处分割点都寻到了快乐和风景，与把眼光始终盯住目标却完全忽略了沿途每一处的风景相比，他们的旅程是多么的轻松。

目标与我们的距离是固定的，但只要多用一点童心去发现和欣赏沿途中的每一处风景，就能使我们的旅途变得更加快乐和轻松。

星巴克的“心”

▶ 文 / 木又

只要还有能力帮助别人，就没有权利袖手旁观。

——罗曼·罗兰

1987 年，年轻的美国小伙子霍华德·舒尔茨在西雅图开办了星巴克咖啡厅。他的原材料一律取自意大利最优质的咖啡豆，辅以最精湛的现煮工艺，在短短的 5 年时间，星巴克就在纽约纳斯达克成功上市，进入新的发展阶段。

然而，新的发展之路并不顺利。1994 年星巴克亏损了 800 万美元，舒尔茨不得不靠向银行贷款的方式维持星巴克的经营。原料和工艺都没变，可为什么生意却会发生如此大的落差呢？舒尔茨挠破了头皮，也想不出问题究竟出在了哪儿。

舒尔茨的助理提议说：“我们把意大利的优质咖啡豆改换成别的廉价咖啡豆，另外再降低员工的薪水标准，这样每年就可以省下近千万美元的开支了！”

舒尔茨没有表态，他隐隐觉得问题并不是出在这里，更不能把心思用在欺瞒顾客、侵占员工利益上！

接下来的一段时间，舒尔茨频频去往各门店观察经营状况，几天下来，他发现自己的员工与顾客之间只存在着一种非常简单的“售购”关系，没有交谈、没有沟通、没有笑容、没有温暖……

“为什么会这样？”舒尔茨意识到问题应该就在这里。经过了解，他发现公司各门店的员工流动性非常大，几乎没有一位顾客能在这里看见一张熟悉的面孔。而这所有的一切，都是因为员工们在这里工作没有安全感，没有归属感，才会导致了工作中没有责任感！

“我们应该建立更加严厉的离职处罚制度，防止这类现象频频发生！”他的助理再次献计说。

“不！我们应该要给员工们更多的关怀和爱！”舒尔茨坚定地说，他很快作出了一个决定：给每一位正式员工购买保险和各种福利，同时把“员工”变成“合伙人”，让他们享有公司股份权，就连兼职人员，只要每周工作满20个小时也能享有同等待遇。让集体与个人的关系更紧密地结合起来，让每一位员工都发挥“主人翁”精神，只有这样才能挽救星巴克！

“可是，这无疑会使我们所负的债务更加雪上加霜！”助理无不担忧地说。

“负债和倒闭，你选择哪一项？”舒尔茨说，“我们现在要考虑的不是会不会加重负债，而是该考虑如何把自己的心注入员工们心中！”

雷厉风行的舒尔茨很快落实了自己的这一想法，果然，这一举措实行以后，给所有的合伙人（员工）都打了一剂强心针，不仅再没有人愿意离职，而且都更积极地投入到了工作中去。时间一长，合伙人（员工）和顾客的关系越处越融洽，他们不仅可以叫出许多顾客的名字，而且对每一位顾客的口味都了如指掌，欢快和谐的交流与沟通，代替了以往那种冰冷而机械的售购关系！

就这样，星巴克的生意很快就起死回生了，并且取得了难以想象的快速发展，分店一家接着一家在世界各地开出！到目前，星巴克在全世界50个国家拥有超过16500家门店，20万名合伙人（员工），每天约有3800万顾客光顾，这个人数相当于英国总人口的三分之二！更加难能可贵的是，舒尔茨在当初作出的决定，一直沿用至今。

如今，年近60却依旧亲任星巴克CEO的霍华德·舒尔茨把自己的经营心得写成了一本书，在员工管理上有这样几句话："作为一个企业主，我们要对员工所做的不应该是剥削和处罚，而是给予关怀和爱，以及最大程度的经济利益！"这本书，就是被全球企业界誉为是"企业发展秘笈"的《将心注入》！

不错，将心注入！特别是对于我们这个虽然处在高度文明的21世纪、却仍旧会不断发生"连跳事件"的中国企业界来说，是不是该从中引起某些思考呢？

阁楼上的紫罗兰

▶ 文 / 木又

我们各种习气中再没有一种像克服骄傲那么难的了。虽极力藏匿它、克服它、消灭它，但无论如何，它在不知不觉之间，仍旧显露。

——富兰克林

桑德罗从 3 岁开始就表现出了对绘画的独特才华，他 8 岁时就在家乡——意大利的佛罗伦萨市办过画展，到了中学毕业的时候，他已经成了一位远近闻名的小画家。

桑德罗的艺术细胞似乎与生俱来，除了在学校里接受一点对他来说可有可无的教育外，就再也没有跟谁学过绘画。为此，他享有着“绘画天才”的称号。

包括桑德罗自己在内的所有人，都认为他将来一旦正式投入绘画事业，很快就会成为一位国际绘画大师。桑德罗从学校里毕业后，就在佛罗伦萨市经营起了一家画廊，全身心投入创作，但遗憾的是这种情况并没有像大家设想的那样乐观，一连 5 年，他的画都没有打出什么名气，甚至连一些小型的画展都不屑于向他发出邀请，他的画廊经营也每况愈下。

桑德罗的父亲提议他去找几个好老师学习，抱着试试看的态度，桑德罗先后来到威尼斯和米兰，找名家学画，然而那些名家只教了他一些在他看来完全是不必多说的绘画技艺后，桑德罗就失去了继续求学的兴趣，然后就又回到了自己的画廊里。

“他们教我的东西我都懂，甚至有可能我比他们更懂！”桑德罗这样告诉他的父亲。虽然他自认为这样，但是在接下来的好几年里，他的画作依旧没有取得什么进展，甚至就连画廊也因为惨淡经营而歇了业。

不久后，桑德罗无意中听说一位法国的著名老画家旅居到了佛罗伦萨市，于是他决定去登门拜访。找到那位法国老画家的住处后，他正拿着洒水壶在花园里浇水。桑德罗向老画家倾诉了自己的困惑和渴望，以及对之前那几位老师的不满，随后，他问老画家说：“我可以跟您学画吗？”

“当然可以，不过你同样无法从我这儿学到什么！”法国老画家说。

“为什么？难道以您这样高超的技艺还无法传授我知识？”桑德罗问。

法国老画家没有回答，他拎着洒水壶走到一个既没花也没草的角落，朝地上浇起了水。

“您在做什么？”桑德罗奇怪地问。

“我在为这个花园里最为高贵的一盆紫罗兰烧水！”法国画家回答。

“可是，这里并没有什么紫罗兰啊！”桑德罗惊诧极了。

“它在那里！”画家伸手朝阁楼的窗台上指了指，那里果然有一盆非常高贵的紫罗兰。

“哈哈！它在那么高的地方，如何能淋到水？”桑德罗觉得这位老画家

实在是太有趣了。

“所以，我确定你也无法从我这里学到什么，因为你就是那盆高高在上而且高贵的紫罗兰！”画家看着桑德罗，认真地说，“想要淋到水，就必须要把花放低，哪怕是一盆最为高贵的紫罗兰，否则别人浇再多的水也是徒劳！”

桑德罗心里一怔愣住了，他在这一刻终于悟到一个道理，要向他人学习，就必须要放低自己的姿态，也只有这样才能“淋浴”到更多全新的知识！从那以后，他就跟着这位法国老画家既虚心又努力地学起了绘画，技艺果然得到了飞速的提高！

几年后，桑德罗画出了《维纳斯的诞生》《春》《三博士来朝》等一系列名扬全球的世界名作，成为了意大利文艺复兴时期最为著名的画家之一。

缺陷，是另一种优势

▶ 文 / 木又

在懦夫和犹豫不决者眼里，任何事情看上去都是不会成功的。

——司各特

杰克·韦尔奇被誉为“全世界最受欢迎的CEO”，他在35岁就当上美国通用电气总裁，在上任的20年时间里，他把通用电气的市值从130亿美元提高到4800亿美元，排名更是从世界第10变成全球第1。然而，就是这位天才管理学家、谈判专家，竟然是一位天生的口吃“患者”。

韦尔奇从小就因为自己的口吃而自卑不堪，他在学校里几乎每次一开口说话，就会引来许多同学的嘲笑。有时候被老师点名站起来回答问题，甚至连老师都会被他的口吃给逗笑起来，所以韦尔奇几乎从不和同学们交朋友。

后来，韦尔奇进入了塞勒姆市立中学读书。有一次，他因为心算能力优异而被学校选中参加一个心算数学比赛。在一道抢答题中，老师出了一道比较难的心算题，韦尔奇在抢答时又犯了口吃："我、我、我……认、认为……"就在停停顿顿地说着这几个字的时候，韦尔奇忽然意识到自己将要说出口的那个答案是错的，并在同时想到了正确的答案，于是他很快改口，接着回答出了那个正确的答案。最终，韦尔奇获得了全市第一名的成绩。

韦尔奇兴奋极了，他没有想到这口吃的毛病竟然帮了自己一个大忙。韦尔奇忽然意识到，口吃原来并不完全是一种缺陷，有时候甚至可以说是一种优势，因为它能使自己增加几秒钟的思考时间。

从那以后，韦尔奇渐渐地开始正视起了自己的口吃毛病，也开始敢于和人沟通交朋友了。而口吃使他增加的思考时间，又使他在人际交往中变得更加富有智慧。

韦尔奇大学毕业后，进入了美国通用电气公司，他把"口吃"与"思考"的关系同样带入了工作中，再加上工作努力，韦尔奇很快成为了公司最受器重的人。

有一次，当时的通用电器总裁带着韦尔奇去参加一个酒会，酒会上，当地的商会主席告诉总裁说许多公司都想抬高股票价格，以获得更大的利益，他希望总裁能够和大家一起这样做。通用电器的总裁说稍后给他回复。没多久，他让韦尔奇去告诉主席说他同意抬高股票价格，就在韦尔奇找到商会主席想转达总裁的意思后，口吃又犯了："我、我、我们……的总裁先生……"

就在这断断续续的过程中，他突然意识到一个很重要的环节，因为当时正值经济萧条期，盲目抬高股票价格不仅不会有什么利益，反而会有更大的害处。刹那间，韦尔奇把原本那句"我们的总裁先生让我告诉您，他同意提高股票价格”改成了“我们的总裁先生让我告诉您他明天再您联系！”

后来，韦尔奇的这次表现果然使公司避免了一次重大损失！这让总裁大为赞赏，也更是给了韦尔奇前所未有的器重。多年后，老总裁毫不犹豫地把自己位置传给了韦尔奇。没错，从而使美国通用电气历史上诞生了一位最为年轻的 CEO！

“世界上没有一种绝对的缺陷，只要具备一种乐观积极的心态，任何缺陷都有可能成为你的优势——即便是像我所患有的口吃！”多年后，韦尔奇在他那本被誉为是“CEO 的圣经”的《杰克·韦尔奇自传》中，这样写道。

踹自己一脚的智慧

▶ 文 / 九木

苟利国家生死以，岂因祸福避趋之。

—— 林则徐

清朝康熙时期，有一位大臣名叫明珠，他是掌权最大的官员之一，为人为官不但清廉正义，而且疾恶如仇，因而有不少以权谋私、贪污腐败的官员都对他恨之入骨，无不欲除之而后快。

有一年，明珠正在暗中与几位贪官较劲，结果被那几位贪官联合起来反咬一口，陷害明珠贪污受贿，而且证据“确凿”。他们纷纷跑到康熙皇帝面前告状，要求将其弹劾下狱。

康熙对明珠一直颇为信任，虽然他从心里不相信明珠是这样的人，但看着那一项项明明白白的“证据”，康熙也只能依法办事，将明珠收入了监牢。如果不收入监牢，以后就不能服众了。但收入监牢后，康熙也一时半会想不出该怎么样才能保住明珠。

明珠眼看自己就要面临身首异处、家破人亡的下场，这时，他想到了一个办法——通过他的政敌来救自己！

明珠因为平日里人缘极好，所以哪怕是深陷囹圄，看守的牢头们依旧对他恭恭敬敬，只希望能帮上他一点小忙。于是明珠就让其中一位较为可靠的牢头传话给自己的政敌，说自己身上还有一件大事，那就是谋反！

牢头听后吓了一跳，别人入狱，都忙着为自己辩解还来不及呢，哪有反过来踹自己一脚的？但他寻思着明珠既然要这样做，那就一定有他的道理，于是就悄悄来到了明珠的政敌那里，告诉他们明珠一直在准备谋反。

明珠的那些政敌们一听到这个事情，可乐坏了，他们就盼着能早日把明珠给整倒呢，现在碰上这么一个好时机，哪能错过？于是纷纷附和上书攻击明珠。然而，康熙皇帝听到这件事后，会心一笑，心里明白了一切。他并没有大规模的调查，而是装模作样，草草地调查了几下，然后以查无实证的名义“断”了案。并且通过这一点，康熙还把那些明珠“贪污受贿”的事情一把全揽到了自己身上，他对百官们说：“那些所谓的贪污证据，其实是我派人暗中设下的，我的目的不是为了要陷害明珠，而是要看看朝廷里到底有没有一种相互监督的好作风！”

康熙接着就下令将明珠无罪释放了出来，明珠得救了，而到这时，那些贪官们还没有搞明白这究竟是怎么回事！

原来，康熙虽然没有办法证明那些证据是别人陷害明珠的，但他依然深信明珠是被人陷害的，也正因此，他才迟迟没有处斩明珠。而正在这时，那些陷害他的贪官们又告他“谋反”，要知道，谋反可不是一两个人的事情，必然会牵扯到明珠的政友们身上。明珠在朝廷里人缘好，威望高，一旦查起来，人多势众的“明派政友”为了保住自己，必然要下死力保住明珠，这样一来，皇帝就要与整个明派政友对抗。

皇帝当然不怕手下的这些官员，但是朝廷里一直是“两势相当、相互牵制”的局面，如果一头对着明派政友，那就必然造成另一股势力独大的局面，甚至可能会摇动皇帝的根基也未可知。这是康熙无法接受的结果。所以皇帝刚好趁此机会保住明珠，以平衡朝廷力量。当然，康熙把“陷害”一事以“测试”的名义揽上身，他也绝对没有什么后顾之忧，因为没有一个人敢跳出来说康熙袒护明珠，谁说出来，谁就等于是在揭自己的短！从那之后，明珠又回到了康熙皇帝的身边担任大臣，而且一干就是20年，直到去世。

所谓伴君如伴虎，明珠之所以能够在皇帝面前红火一生，除了本身真材实料的学问和刚正不阿的风骨之外，更与他精于辨析的为人处世智慧分不开。试想，有谁能够想出这样的办法，通过政敌们告自己谋反，从而达到自救的目的？

用最远的眼光判断眼前的事情

文 / 九木

懒惰像生锈一样，比操劳更能消耗身体，经常用的钥匙，总是亮闪闪的。

——富兰克林

卡洛斯出生在墨西哥的一个商人家庭，在他小时候，他的父亲经营着一家干货店，他从小就跟着父亲思考一些商业问题。

1962 年，卡洛斯大学毕业后在一所学校里当了一名教师，他发现自己对商业更有兴趣，最终他辞职全身心投身到商业领域中。从比较擅长的投资开始，他广泛涉入采矿、烟草、制造业等多个行业。投入创业生涯以后，卡洛斯仿佛有一只嗅觉灵敏的鼻子，总能很敏锐地嗅到商机，于是财富开始源源不断，也让他渐渐建立起了自己的商业帝国。

20 世纪 80 年代中期，由于受到经济危机的影响，墨西哥的经济增长很不乐观，许多投资商纷纷把资金撤出墨西哥，转向增长态势良好的美国和欧洲，这使墨西哥的经济发展更加滞缓，卡洛斯的朋友们对他分析眼前的形势，劝他赶紧撤离资金，但就在这个时候，卡洛斯却倾囊所有，收购了许多不景气的公司，这在当时成为了商界的一个大笑话，然而不到十年，被卡洛斯便宜购入的公司市值却增长了30倍，更加壮大了卡洛斯的商业帝国实力。

1990年，墨西哥政府实行大规模私有化运动，其间大量国有资产转归私有。而由国家绝对控股的墨西哥国家电话公司因效率低下成了一个难以收拾的烂摊子，没有人肯接收这家公司，但卡洛斯却耗资17亿美元将它买了下来，之后他和美国贝尔公司及法国电信都建立了很好的伙伴关系。卡洛斯投资100亿美元改善设备、技术和经营模式，没用几年时间就将这个当时没有人看得上的电话公司改造成为一个现代化、专业化的大企业。到目前为止，卡洛斯控制了90%的墨西哥电话线路。在此基础上，他又利用电话公司的利润转攻数字技术领域——开创美国移动公司，并使之成为拉美移动通信行业的佼佼者。

在之后的几年中，卡洛斯所涉足的领域越来越多，在墨西哥几乎没有哪个行业看不到卡洛斯的印记。2002年，卡洛斯的个人财富已经达到110亿美元，成为墨西哥第一富豪。根据《福布斯》2004年公布的数据显示，当时64岁的卡洛斯已经是拉丁美洲首富，控制了数目惊人的拉丁美洲公司。最新的国际财富调查机构显示，墨西哥电信巨子卡洛斯·赫鲁以678亿美元的资产超越比尔·盖茨，成为全球首富。该调查还显示，卡洛斯名下企业的总市值占到目前墨西哥股市总市值3660亿美元的近一半，而其个人所拥有的财富总额相当于墨西哥国内生产总值的8%。随着墨西哥股市的进一步看涨，卡洛斯的财富还会不断增值。

“只看不做是幻想，只做不看是盲目。我之所以能成为世界首富，这可能与我的工作方式有关，我喜欢用最远的眼光来判断眼前的事情！”卡洛斯·赫鲁这样评价自己。

一只“蜗牛”被否定

文／九木

事不凝滞，理贵变通。

——《宋史》

前不久，我随团去某大学参观考察，很荣幸地受赠了几册校刊，粗略一翻，看见里面有一篇标题为《科学解读〈蜗牛的壮举〉》的文章！

《蜗牛的壮举》是江苏作家方益松所写的一则小故事，这篇文章我也曾在某杂志阅读过，内容是说一些蜗牛靠着自己的力量，坚持不懈地爬上了胡夫金字塔的顶峰，生动形象地说明了一种“不怕困难，勇往直前”的精神以及“天下无难事、只怕有心人”的人生哲理，我还曾在单位的新员工培训会上讲过这则故事呢！

因为对那则小故事颇有些印象，所以我对眼前这篇署名前面还标着“教授”两个字的文章，多了几分兴趣，于是就饶有兴趣地读了起来。可让人没想到的是，教授在文中介绍完那则小故事的梗概后，就立刻发问说：“很奇怪！蜗牛为什么要去金字塔顶？觅食？繁殖？”教授随后摆出一大堆科学知识，来探讨蜗牛究竟能不能到达塔顶：“从习性上说，蜗牛喜欢在阴暗潮湿、疏松多腐的环境中生活，昼伏夜出，惧怕阳光直射，最适合的温度是16℃～30℃，最适合的空气湿度是60%～90%，最适合的饲养土湿度在40%左右。”

教授继续说：“这样看来，蜗牛爬上金字塔真的是很反常，更何况从金字塔底到顶部的征途中，只能在晚上爬行，日出炎热之前要找到石缝阴凉处躲藏！”紧接着，教授进一步搬用生物学中关于“斧足类动物”的知识：蜗牛平均速度是每分钟140毫米，而胡夫金字塔的高度却为138米，并且，教授还利用大量几何学知识，精确地计算出塔身斜坡的长度为250米！

在此基础上，教授又根据生物特点和气候特点接着说：“蜗牛只能在白天的8小时以外攀爬，其最完美表现为（16×3200）s×0.002m/s=115.2m！”于是，教授终于算出，蜗牛在两天多的时间里面，不眠不休的话是可以爬上胡夫金字塔的，但在此同时，教授又为蜗牛在白天的那两个“8小时”里，能不能在金字塔上找到石缝避光休息而担忧！

仅凭以上论据，教授似乎仍不足以否定那只“蜗牛”，再次结合生物学与地理学的相关知识说：“埃及气候干燥，金字塔上的巨石也必定十分干燥，在上面缓行，蜗牛根本无法维持身体黏液的正常分泌！”

经过这一番论证，那只爬上胡夫金字塔的蜗牛，终于在这位具有丰富科学知识的教授的明察秋毫下，给否定掉了！文章最后，教授这样感慨了一句：“作者忽悠的水准实在令我发指！”

说实话，《蜗牛的壮举》仅仅是一篇带着想象色彩的小美文，甚至可以说是一篇小寓言，只是借此阐述一个小小的人生哲理罢了，它并不是新闻报道、访谈实录，更不是科学论文或者购物海报，根本不存在“忽悠”一说！然而，这位教授却煞费苦心地动用了生物学、几何学、物理学、代数学、气象学等等一大堆科学来对它的“真实性”加以评审和批判，也真是难为他了！

难怪如今的孩子越来越缺少想象力，个个都是一副老气横秋、颇有城府的样子，也难怪现在的孩子们越来越怕作文课，仔细想想，在如此“严谨治学”教授的掌舵下，会出现这些现象也就不难理解了！

说到这里，我不禁又心生好奇，那位教授，有没有看过眼下正大受小朋友们喜爱的动画片《喜羊羊与灰太狼》呢？没看过也就罢了，但如果看过了，指不定这位教授会动用多少科学知识去否定和批判了，先别说诸如灰太狼会筑城堡、造火箭，小羊羔会办学校、搞科研那些，仅说“村长一思考，头顶就长草”这一点，就够他忙活了！

做人，就是做自己的主人

▶ 文 / 赤无头

瓜是长大在营养肥料里的最甜，天才是长在恶性土壤中的最好。

——培根

40多年前，一对英国夫妇带着一位身虚体弱的小女孩，从威尔士来到了澳大利亚定居。谁也没有想到，这位小女孩在几十年后的今天，会创造出一段让人惊叹的历史！她就是在今年的6月24日，成为澳大利亚首位女总理的茱莉亚吉拉德，个子高挑、一头红发的吉拉德能有今天的成就，绝非仅凭运气。其实，早在求学时期，她就已体现出了一些个人的魅力。

1980年，吉拉德考入阿德莱德大学修读法律和艺术。有一年，一位女同学因为走路不小心撞落了一位男同学的饭盒，这位女同学很快便把对方的饭盒捡了起来，并且向男同学道歉。然而那位男同学还不愿作罢，将那位女同学一把推倒在草地上，这才扬长而去。

吉拉德和许多女同学们一起，要求她把这件事情告诉老师，然而当他们的老师得知以后，不仅没有批评那位男同学，反而怪这位女同学走路不小心。

这件事情让吉拉德异常愤怒，她从中感受到了澳大利亚妇女的不平等地位，她发誓要帮这位女同学争取到一个合理的说法。当天下午，她就写了一块大字报举在手上站到学校门口，起初有许多老师和同学都用不屑的眼光的看她，但是一直到天黑，她都这样站着，最后终于引起了校长的重视，经过调查后，学校对那位老师进行了处罚，并对那位女同学进行了必要的道歉和开导、劝慰！

这虽然是一件不算太大的事情，但是却体现出了吉拉德身上的一种独特的精神和魅力，同学们很快选她为学生领袖，并当选为澳大利亚学生联盟主席。

毕业后，吉拉德在一家知名律师事务所工作，她也由此接触到了更多的朋友，包括原维多利亚州工党领袖约翰布伦比，并于 1998 年成为约翰秘书长。同年，吉拉德代表工党参加联邦大选，并在维多利亚州墨尔本西部的拉洛选区当选联邦议员，正式步入政坛。

刚踏入政坛时，吉拉德遭到了许多人的质疑，甚至成为许多人嘲笑的对象——一个女人，而且是个外籍女人，怎么也搅和到政治里去了？但是，这些怀疑与猜测没有对吉拉德造成任何影响，她只是一心一意地做着自己应该做的一切事情，她把一切辩解交给了时间，只有时间能说明一切。

2001 年，吉拉德进入联邦内阁，负责移民、卫生、以及劳工关系等事务；2006 年 12 月，吉拉德被选为出任工党领袖的副手；2007 年 11

月 29 日，吉拉德成为澳大利亚历史上的首位女副总理……时隔三年，吉拉德又以超高的选票成为澳大利亚总理，达到权利的巅峰，也是澳大利亚历史上第一位女性总理。

在澳大利亚，毕竟工党势力强大，有些人担心吉拉德会不会受工党控制而成为傀儡，吉拉德回应说：“如果我是愿意做傀儡的人，也肯定不会有今天！而正是我任何事情坚持自己独立地做出决定，所以只会有人欣赏和支持我，而不会来试图摆布和控制我！”

艺术大师为何不快乐?

文/赤无头

烦恼和快乐是人生的两颗种子，在心田播下哪颗种子，哪颗就会发芽长大。

——佚名

当年，英国戏剧大师哈雷德的处女作《格曼纱的早晨》一公演，就在全伦敦引起了轰动。尽管如此，他依旧觉得自己缺少快乐。

一天，一位哲学家来拜访他。对于这位不熟悉的人，哈雷德有些不安地说："你该不会是谁派来，到我这里来观察些什么的吧？"

哲学家笑笑说当然不是，他完全是出于对艺术的尊重才来的。哈雷德将信将疑地又提出了许多问题，哲学家都一一作了回答之后，他才愿意对哲学家谈论有关戏剧的事情。

哲学家临走时，哈雷德又不放心地问："你该不会把我对你说的这些内容拿出去牟利吧？"

哲学家笑了笑，看了看门外几个正在玩捉迷藏的小孩，突然问道："你觉得自己快乐吗？"

哈雷德摇摇头，诧异地说："为什么要这样问呢？"

哲学家没有直接回答哈雷德，而是拉起他的手说："我们和他们一起玩捉迷藏吧！"

游戏很快开始，哲学家和哈雷德都各自找了一个地方躲了起来，那位蒙着眼的小朋友问："好了没有？"

哲学家和其他小朋友一样，大声回答说："好了！"

"真笨！"哈雷德心想，"既然躲起来了，就别再发出声音！"果然，那位蒙着眼的小朋友循着声音找到他们，每找到一个，就发出一阵欢快的笑声，因为哈雷德一直闷声不响地躲着，小朋友们竟然渐渐地把他给忘了，他们继续和哲学家一起玩着游戏。

就这样玩了几次后，哲学家找到依旧躲在角落里的哈雷德。哈雷德轻蔑地说："你们简直太愚蠢了，既然躲起来了，为什么还要喊出声音来？"

"可是你有没有发现，大家都很快乐，而你却什么也没得到！"哲学家意味深长地说，"就像我来拜访你，你怀疑我是不是别有用心，是不是想从中牟利……一个人的心中萌生多余的猜疑，就会成为交际的绊脚石！试问，一个心胸狭隘、步步为营的人，又怎能与人建立友谊呢！人际交往中，最大的智慧不是猜疑，而是坦诚与信任，这样才能获得更多的快乐！"

哈雷德茅塞顿开，从此以后，他按照这个理念去交际，所拥有的朋友越来越多，佳作迭出，最终成为了一位伟大而快乐的艺术大师！

莱茵河为什么总是那么清澈

▶ 文 / 赤无头

人生欲求安全，当有五要：一要清洁空气；二要澄清饮水；三要流通沟渠；四要扫洒房屋；五要日光充足。

——南丁格尔

莱茵河素来以清澈闻名，在德国境内，莱茵河畔大大小小不少于三千家企业，它们产生的污水也绝不在少量，然而，莱茵河的水为什么又总是那么清澈呢？前不久，我有幸随团去德国进行为期一周的环境治理成果考察，这才明白了其中的因由。

我们此行的目的地是莱茵河畔的德国最大内陆港城市杜伊斯堡，到了那里之后，我们发现在许多国家的企业界看来是一种成本负担的污水处理，对于他们来说却是一种能够产生利润的产业投资！那么他们在处理污水的过程中又是怎么产生利润的呢？以杜伊斯堡的两家大型的药品厂和一家造纸厂为例，这三家企业都没有在自己的厂区兴建污水处理系统，而是三家合建了一座污水处理厂，使之形成一家独立的股份制企业，再由政府出人出策来管理和监督，政府占其中33%的股份，另三家企业各占约22.3%的股份。

这样一来，本来是三家企业各自承担一套完整污水处理系统，现在变成了三家合力承担。接下来，附近有新的企业成立，或者有企业准备新建污水处理系统，政府就会向他们提议不必自己兴建，只需要挖一条管道把污水排进那三家企业合力开发的污水处理厂就可以。虽然，这家企业今后每年得交一笔为数不多的费用，但与兴建处理系统所需要的经费比起来，实在是不值得一提。而污水处理厂所收到的这笔费用，就是它所创造的效益了！

同样以杜伊斯堡市为例，这座拥有53万常住人口的城市，每年要产生约数千万吨的生活污水，如果这些生活污水直接排进莱茵河，相信莱茵河水将很快变成黑色。但事实并不是这样，杜伊斯堡的市民生活用水也是要进入污水处理厂的，科学合理铺设而成的地下管道，会将整个城市的生活用水引向几个固定的污水处理厂。

当然，市民并不无偿享受这个待遇，他们在缴纳水费的同时，还得根据各自的使用量交纳50%的污水处理费，对于这笔有明确用途而又为数不多的增收费用，全德国境内无一人提出反对！而增收的这个费用，又成了污水处理厂的利润。

同时，那些处理干净的水又会被这三家企业循环利用，或者按照需求，用低于地下水的价格出售给当地的园林和绿化部门，以及一些企业和庄园，作为工业和农业用水，这又是一笔非常可观的收入！

杜伊斯堡市的环保工作人员告诉我们，因为有利可图，所以德国的企业都非常乐于兴建污水处理厂！到2010年，全市范围内已经有30座大型污水处理厂，甚至还有更多的企业申请兴建，为了避免不必要的浪费，政府只能下令暂停污水处理厂的审批！

同一件事情，在不同的处理方式下，结果也变得迥异和有趣：许多国家的企业把污水处理当成一种负担（从单方的经济上来说，确实是一种负担），能拖就拖，能瞒就瞒，甚至有不少企业在建了污水处理系统后，为了减少开支，仍要悄悄挖一条管道把污水排进江河，污水处理系统也沦为一套应付各种检查的摆设；而德国的企业却把这看成是一种赚钱之道（事实上也的确能产生丰厚的利润），非常积极地去做，甚至是相互竞争抢着去做！

这样，我们也就不难理解莱茵河里为什么总能流淌着清澈的河水了；我们也就不难理解，同样做为一个国家的母亲河，长江黄河却为什么总是那么“污”不忍睹了！

我们结束这次考察的前一天，杜伊斯堡的市长阿道夫·绍尔兰德为我们办宴送行，在宴上他说了这样一句话，颇值得回味：“如果一提公益就意味着要增加某些人的负担，显然这不是真正的公益！我们提倡但不依靠人们主动去做公益事业，也不施加压力逼迫人们去做，而是用我们的智慧去规划和部署，让公益事业也成为一种利润事业，从而实现真正的公益！”

是的，在我们这个似乎到处都充斥着“检查”“责令”“处罚”“关闭”等字眼，但似乎又没见有多大环保效果的国家，这句“用智慧去规划与部署”，是不是该引起我们思考些什么？

把抱怨淹进水里

文／云鹤

遇不如意事，须恬静忍耐以处之，若有一毫怨尤之意，便生出许多躁扰，不唯累心，亦且累事。

——夏锡畴

我刚读初中的第一年，父亲在外地做小生意，只有我和母亲两个人在家里生活。母亲是一位乡村裁缝，那段时间正好是秋冬交替时期，母亲要做的衣服特别多，很忙。

有一天我放学回家，母亲叫我做一下晚饭。我到菜地里拔了两个洋葱和一把青菜，就进了厨房开始洗菜，那些刚从田里拔回来的新鲜洋葱特别辣眼，才剥了半个洋葱皮呢，我就已经被辣得睁不开眼睛了，眼泪直流。

我再也没有心情洗菜了，闭着眼睛对这些洋葱发起了牢骚，恨不得把这些洋葱统统扔进垃圾堆。母亲听到声音，放下手中的活走了进来，她见到我被辣的样子，笑了笑说："小傻瓜！光会抱怨有什么用？你应该想办法解决才对!”说完，母亲在一个洗菜盆里接满了水，把洋葱放了进去，然后回过头来说，“你再试试?”

我走过去，就在水里剥起了那些洋葱皮，我突然发现这样子剥洋葱，不仅不会辣眼睛，而且还特别容易剥下来。我看看母亲，惭愧地笑了。母亲见我剥好洋葱，走过来换了一盆水，又把洋葱放了进去，然后她把菜刀递到我手上说:“放在水里切，试试?”

我接过菜刀，就把洋葱按在水里切，果然，再也没有觉得任何一丝辣眼。我很快烧好了晚饭，虽然非常简单，甚至连一片肉也没有，但不知道为什么，我却吃得特别香，特别有味道!

这件小事已经过去20年了，我却一直没有忘记，母亲的话也一直留在我的心里。在那之后的日子，不断地给予我智慧和鼓励，每每遇到挫折和阻碍，我都会想起当初剥洋葱的场景，把抱怨淹进水里，取而代之的是多思考、想办法，这更能解决问题!

挽救松下的另类点子

▶ 文 / 云鹤

事业和工作的乐趣，不在于取得的成功和业绩，更多的乐趣在于跌跌闯闯的过程中。

——佚名

20 世纪 50 年代初，松下电器公司进入了一个发展瓶颈，它虽然在全球有着非常不错的销售网络，但是因为科研力量比较薄弱，产品渐渐就被市场所拒绝了。

当时，飞利浦公司在全球设有 300 多家工厂，是世界上最大的电器制造公司。在此之前，全球有 48 个国家和地区的不同公司与他们有过技术合作，并且都取得了非常好的发展。于是，松下公司就想到了要与飞利浦公司进行技术合作。

当时身任松下公司副总裁的高桥荒太郎亲自出马，与飞利浦公司进行谈判。飞利浦这个“全球电器老大”对这项合作业务的兴趣并不是特别大，他们对高桥荒太郎提出了很苛刻的要求：双方在日本合资建立一家股份公司，公司的总资本为6.6亿日元，松下电器要出资70%，而飞利浦公司只愿意出资30%，并且，对于这30%的资本，飞利浦公司还不愿意用现钱直接投入，而是以技术指导费转为资金。这意味着飞利浦公司不需要投入一分钱，全部资金由松下电器一家承担！如果真是这样的话，别说是合作，仅凭这一笔前期投入，也足以使松下彻底倒闭！

可事实上，按照国际惯例，技术指导费一般是3%，远没有30%这么高的标准，用3%的技术指导费来代替30%的资金投入？高桥荒太郎怎么也不会答应。接下来，他用国际惯例反复交涉，最后，飞利浦把技术指导费降到了5%，但高桥荒太郎并没有表示满意，但不论高桥荒太郎怎么说，飞利浦都不愿降低要求。

这时，高桥荒太郎突然想到了一点，所谓的“合作”当然是指双方互利，而不是自己在求人。高桥荒太郎心想，要使飞利浦降低要求，唯一的办法就是让他们看到松下的强项！

在接下来的谈判中，高桥荒太郎再也不提关于降低技术转让费的事情，反而去要求飞利浦公司支付经营指导费！

因为松下在全球有着不错的销售网络，双方合作后的产品能非常迅速地销往世界各地。高桥荒太郎说：“双方合作建设合资公司，在技术上接受贵公司的指导，而经营却靠松下电器公司，我们公司的经营技术是众所周知的，所以，我们也有向贵公司索取经营指导费的权利！”

高桥荒太郎此言一出，飞利浦公司的谈判代表深感震惊，可细细品味，这种要求其实又非常合理，因为松下公司已经建立了健全的销售网络，一旦合作产品上市，根本不用为销售问题而担心。

飞利浦公司终于同意重新考虑合作事宜，最后商定，由松下向飞利浦公司支付5%的技术指导费，同时飞利浦向松下支付6.3%的经营指导费！这样一来，松下公司不仅不用支付技术指导费，反而还多收了1.3%的经营指导费！

不久后，松下就与飞利浦合作成立了一家公司，其产品很快畅销世界各地，双方都在技术与经营的完美合作中大获其利，松下电器更是借此而起死回生，逐渐发展成一家国际大公司！

1.5 万美元的动力

▶ 文 / 云鹤

现实是此岸，理想是彼岸。中间隔着湍急的河流，行动则是架在川上的桥梁。

——克雷洛夫

20 世纪 80 年代，在美国华盛顿的哥伦比亚大道上，有一家小小的餐厅。

餐厅的老板名叫杰克·艾德林，他是一位文学爱好者，因为无法靠写作吃饭，才转行想靠经营餐厅来维持生活，他用自己多年熬夜写作的生活经历把餐厅取名为“夜猫子”。

虽然弃笔从商，但这并没有改变艾德林的命运，因为他对经营餐厅并没有多大的兴趣，生意也越做越差。最后，他只能在餐厅门口贴上了一张低价转让的启事。然而，哪怕是艾德林把转让价降到 5000 美元这个低得不能再低的价格上，门可罗雀的惨淡生意还是让人望而却步，一个月下来竟然也鲜有问津者。

在餐厅上面的居民楼里，住着一位年轻人，他是一位刚刚从华盛顿理工大学毕业的中国留学生。有一天，这位年轻人来到餐厅对艾德林说："我的父亲希望我能在这里经营一家餐厅，但是您这里的生意实在太差，尽管你出价只要5000美元，我仍旧不敢轻易接手！"

"如果真心想要，我可以考虑再降低一些价格！"艾德林既焦虑又无奈地说。

"我认为这并不是最好的选择！"年轻人接着提议说，"如果您能在半个月内把餐厅的生意做好，让我相信经营这家餐厅有利可图，我就以2万美元的价格转接过来！"

"你说的是真的？"艾德林有些兴奋地问。

"当然是真的！"年轻人回答说，"我的父亲也是一位企业家，2万美元对他来说并不是什么大数目，他对我经营餐厅相当支持！"

从那以后，艾德林再也不消极经营了，因为他知道，只要把生意经营好，转让费就能从5000美元升到2万美元，就冲着这1.5万美元的差价，老板天天最早一个来到店里，检查餐厅内外的卫生和设施摆放，还有员工的着装和准备工作等情况，正式营业的时候，他也不断地在厨房监督食物的质量，亲自迎送顾客进出，询问顾客满意度……

就在这样里里外外的忙碌中，艾德林的生意竟然一天比一天好。转眼半个月过去了，正在他为5000美元转让费上升到2万美元而兴奋的时候，那天晚上打烊后他闲着无事突然想起来要统计一下账目，统计的结果让他自己也被吓了一跳：在这半个月里，他除去各种开支，竟然净赚了1万美元！

"天哪！我明明可以把生意做好，为什么要转让这个餐厅？"刹那间，艾德林突然意识到转让餐厅是一个多么愚蠢的主意，相比于这样的经营额，那2万美元的转让费实在是太微不足道了！艾德林决定要把餐厅继续经营下去。

第二天，那位中国留学生如期来到餐厅，艾德林面带愧色地说："万分抱歉，我已经改变主意，准备今后继续经营这家餐厅了！"

"我知道，其实我压根也没有想要转接您的餐厅，我的父亲也根本不是什么企业家！"年轻人微笑着说，"我编造这个谎言，只是想给您一个动力，让您投入全部的热情和心血去经营餐厅，这样您的餐厅生意一定能做好，生意好了，您又怎么舍得转让呢？"

从那以后，艾德林始终把热情积极的心态和经营餐厅之间的关系谨记于心。20多年之后，他的餐厅在美国的华盛顿、纽约、曼哈顿、费城等十多个城市共开设了1000多家分店，在美国国内的总营业额远超"肯""麦"二佬。没错，它就是如今排名美国第一的Hooters连锁餐厅（俗称"夜猫子餐厅"）！至于当年的那位中国留学生，更是从此走上了鼓励和帮助他人成功的道路，他就是如今集"中国最资深的培训导师"、"华人顶级企业管理大师"等诸多荣誉和称号于一身的国际商业营销策划大师——吴明山！在吴明山的培训课程中，有一句话时常提到："无论是道路选择了你，还是你选择了道路，可你的选择永远只有一个，那就是热爱它，并且积极地走下去，这是实现梦想唯一的途径！"

如今，艾德林虽然已经从Hooters连锁餐厅CEO的位置上退了下来，但他每次一谈起当初那段经历就会由衷地说："是吴明山那个1.5万美元转让费差价给了我动力，最终挽救了我和我的餐厅！"

第二辑

Chapter Two

可悲的鸵鸟

▶ 文 / 牟丕志

最大的骄傲与最大的自卑都表示心灵的最软弱无力。

——斯宾诺莎

在许久以前，鸵鸟拥有又宽又大的翅膀。它在飞禽中飞得最快、最高，没有任何鸟类能够超过它，它被誉为飞翔之王。

可是，在一次飞翔中鸵鸟的翅膀受伤了。这样，它在天空中飞翔的速度慢了下来，它的变化引起了大家的关注。

苍鹰对鸵鸟说："你的飞翔速度下降得怎么这么快呀，和以前比差得太远了。"

秃鹫对鸵鸟说："我觉得你飞翔本领与以前大不相同，我看你真的不行了，应该把飞翔之王的荣誉交出来。"

海鸥对鸵鸟说："你是不是骄傲了，飞翔的水平变得这样差，真令大家失望。"

鸵鸟感到很伤心，它想解释一下，说自己受伤了，影响了飞翔的能力。可是，它转念一想，怕大家说自己找借口，引发更加严厉的指责。所以，它沉默了。

鸵鸟心想：我应该养好伤再飞翔。否则，飞得那么慢，太丢面子了。再说了，自己实在受不了大家的风凉话。听了那些风凉话，自己的心里像针刺一样的疼痛，太难忍受了。

于是，它停止了飞翔。它找了一个偏僻的地方，静静地养起了伤。

过了几个月，鸵鸟的伤痊愈了。它重新飞上了蓝天。可是，它发现，自己由于在地上生活时间太长了，它变得胖胖的，感到十分笨重。此外，它的翅膀由于长时间不飞翔，力量差了许多。所以，它飞起来感到很吃力，飞翔的速度也很慢。

鸵鸟的心里很不好受。它心里说，如果大家都看到我现在飞翔的样子，那么我飞翔之王的桂冠肯定就会丢掉了。我的面子也就丢大了，如果不飞翔，大家依然会认为我是飞翔之王，我依然拥有面子。

它决定停止飞翔，先保住面子和尊严，然后再想办法。

过了许久，鸵鸟也没有找到解决问题的办法。随着时间的推移，它的飞翔能力越来越差。

日子在不断地流逝。有一天，鸵鸟发现自己已经不会飞翔了，它难过极了。

它转念一想，觉得不会飞翔并不要紧，要紧的是要瞒住这件事，不能让大家知道自己不会飞翔了，使自己丢了面子和尊严。

从此，鸵鸟保住了它的面子和尊严。可是，它永远失去了它的飞翔本领。

更为可悲的是：它认为自己的做法是一种聪明之举。

理想的职业

▶ 文 / 牟丕志

虚荣告诉人们什么是荣誉；良心告诉人们什么是公正。

——兰多

上帝创造了很多动物，这些动物纷纷到世上寻找自己理想的职业。

牛觉得自己力量大、肯吃苦，就找到农人，要求去拉车。可是，牛拉上车以后，农人觉得牛拉车拉得太慢，很不满意。正巧马也来到农人家，马说想试一试拉车，农人同意了。结果，马拉上车迅疾如风，又快又稳。农人很高兴，于是就把拉车的这个职业交给了马。马每天累得汗流浃背，可一想到自己有了固定的职业，有了吃喝的保障，就不觉得累了。反而觉得白天累了一天，晚上休息时感到分外的舒服，它喜欢上了这个职业。

牛很憨厚，它一看自己的职业被马给抢去了，并不记恨马。它问主人还有什么别的职业，再苦再累自己绝不会有半点挑剔。农人说，耕田这活很不易，没有动物肯干，问牛愿意不愿意干。牛说，只要是个职业，自己就会认真地干，就这样它干上了耕田的职业。牛身大体笨，但力量巨大，在田里耕作，游刃有余。它暗自高兴，幸亏有耕田这种职业，否则，自己真的找不到合适的职业了。于是它每天总是全力以赴地把田耕好，农人感到很称心。

狗来到农人家，说要找活干。农人说，家里老鼠太多，简直成灾了，看你长的样子很凶，你就负责捉老鼠吧。可是老鼠身体小而且灵敏，狗看上去很凶却拿老鼠没有办法，它常常急得满头大汗也捉不到老鼠。狗心灰意冷了，心里想，自己真是什么事情也干不好。于是它要求晚上在农人家住一宿，等到第二天就去别的地方找职业。晚上，有人来串门，他们在外面发现了狗，感到害怕而不敢进来。于是它们高声喊农人的名字，农人出去将客人领到了屋子里。农人想，既然别人都害怕狗，那么就让狗给自己看家好了。就问狗愿意不愿意从事看家护院的职业，狗表示愿意，于是狗便放弃了晚上睡觉的时间，它总是竖起警觉的耳朵，防范着不速之客。虽然生活的正常秩序被破坏了，但想到自己有了固定的职业，心里踏实极了。

这一天，猫听说狗改行不捉老鼠了，干起了看家护院的职业。它便抓住机会来到农人家，要求从事捉鼠的职业。农人一看猫长得又瘦又小，比老鼠大不了多少，就说，连狗都不能胜任捉鼠的职业，恐怕你更不行吧，猫说，捉鼠是自己的看家本领。此时，猫听到了农人家里有老鼠的嬉闹声，于是它飞身入室，很快就捉到了一只大老鼠放到农人面前。农人一看猫身手不凡，就同意它去捉鼠。由于老鼠常常晚上出来活动，所以猫也改变了晚上睡觉的习惯，实行昼伏夜出，捉到很多老鼠，农人不再遭受鼠患的困扰。

上帝在制造动物时候，突发奇想，决定造一个最聪明的动物，看将来会有什么结果，于是它精心造就了十分聪明的猪。聪明的猪觉得自己这么超凡脱俗，应该找一个世界上最好的职业才是。于是它来到农人的家，猪说，我是上帝造就的最聪明的动物，你应该给我安排最好的职业。农人问，什么是最好的职业呢。猪说，这个职业应该是风吹不到、雨淋不到、时时能晒阳光、能经常洗澡，不用干工作，啥也不用操心，每天还能吃得饱饱的，吃饱了还可以睡懒觉。

农人一听，气得快要发疯了。它刚想让猪另寻高就，但转念一想，猪看上去圆圆的、胖胖的，那肉一定很好吃。于是他说，可以让猪从事它所说的理想职业，于是农人给猪建起了猪圈，一日三餐猛给好吃的。猪感到幸福极了，心想，还是聪明的动物吃香呀。

快过年了，猪长得又肥又壮，农人决定把它捉住宰杀。猪却蒙在鼓里，它仍做着幸福生活的美梦。

末位淘汰

▶ 文 / 牟丕志

世界上的一切都必须按照一定的规矩秩序各就各位。

——莱蒙特

牛年马月鼠日，虎大王宣布动物王国对动物小头领实行末位淘汰制。其规则是：由全体动物给众动物小头领逐一投票打分，按得分高低，排列为倒数前三名的小头领列为被淘汰的对象。

一石激起千层浪。动物小头领们全都紧张起来了，心被提到了嗓子眼儿。事情明摆着：被淘汰的那就是最差的、最窝囊的，不仅会失去了位子，而且还失掉了面子和自尊，那简直是奇耻大辱。动物们会议论它一辈子，而它这一辈子也休想抬起头来，这比死更难受，于是谁也不想接受被淘汰的现实。

动物小头领们都明白：是否被淘汰关键在于投票打分，得分多者自然会安然无事，得分少者则会被淘汰。于是，动物王国中兴起了明里或暗里的拉票之风。狐狸把它多年偷来的鸡，一下子宰了上百只，摆了个百鸡宴，它把所有认识的动物全请来了。在宴会上，狐狸双膝跪在地上，请求大家关照，投票时多给几分。老鼠趁夜黑逐家登门拜访，送上了自己从地下挖出的宝石，它要求动物们在投票时高抬贵手。孔雀则举行了演唱会，请很多动物免费观看，它动情地跳起了孔雀开屏舞，赢得了大家的喝彩。在谢幕时，孔雀向大家深深地鞠了一躬，说请大家多关照，自己将终生难忘。

末位淘汰的结果公布了，被淘汰的动物小头领有猎豹、黄牛、猫头鹰。

有传闻说，猎豹跑得那样快，好处全叫它占去了，嫉妒它的动物太多了，不被淘汰那才怪呢；黄牛只知道干活，不知道表现自己和联络感情，就等着别人投票，哪有那等好事；猫头鹰只知道晚上加班干活，可干了那么多的活，你自己不说不宣传，谁又能看得见呢？

大家都十分害怕和恐慌，不知下一个被淘汰的是不是自己。

偶像

▶ 文 / 甲年

有些人因为贪婪，想得到更多的东西，却把现在所有的也失掉了。

——伊索

山羊是动物世界的贫民，它善良而单纯。它虽然地位低微，但是它有自己的追求。它不断地寻找自己的偶像，把偶像当成了生活的动力和希望。在山羊看来，没有树立自己偶像的动物是缺乏热情和思想的动物。

山羊的第一个偶像是黑熊。黑熊是动物世界的警察，仪表堂堂，威风凛凛。它负责维护动物世界治安，经常冒着生命危险抓贼，多次奋不顾身地与歹徒搏斗，还在大火中救出了被困的动物。

黑熊有高强的擒拿格斗的本领。一次，它在大家面前表演它的拿手功夫，令大家眼花缭乱拍手叫绝，它被动物们称为英雄。山羊对它敬佩得五体投地，可是后来，山羊发现，黑熊与灰狼来往密切，它是灰狼的靠山。而灰狼是最可恶的杀手，山羊家的小羊羔就是被那只灰狼给吃掉的。山羊十分气愤，也很悲痛，它恨自己有眼无珠，选择了黑熊做偶像。它一见到黑熊，它就暗自骂道：伪君子。

山羊选择的第二个偶像是狐狸。狐狸是动物世界的明星，它擅长表演、唱歌、跳舞、演戏样样精通。它整天忙着走穴，头上罩满了唱歌家、舞蹈家、艺术大师等耀眼的光环。山羊喜欢看狐狸表演，把它当做了偶像，十分崇拜。可是有一天，山羊发现狐狸有偷鸡吃的嗜好。它如同跌入了冰窟窿，心里凉透了。它想，还是怪自己判断能力差，自己怎么没有想到狐狸会有这样丑陋的一面。

山羊选择的第三个偶像是老鼠。老鼠是动物世界的著名企业家，它办了好多企业，腰缠万贯富甲一方。老鼠经常给贫困动物捐款，是动物世界有名的慈善家。山羊觉得老鼠实在是不凡的动物，有本事而且品德高尚。可是，不久山羊便发现，老鼠不讲信用，它是逃税的高手，他借了动物银行大量的贷款，总是找理由不还，而它却花天酒地一掷千金，山羊痛苦极了。

山羊选择的第四个偶像是猴子。猴子是动物世界的名医，它曾给许多动物医好了病。它还把许多动物从死亡线上拉了回来，被一些动物称为再生父母，山羊把猴子当成了上帝的使者。然而，山羊又一次失误了，它发现，猴子有一个很大的毛病，就是爱收人家的钱财。你给了钱财它就好好给你看病，不给钱财它的态度就变得很坏，这令山羊十分气愤，山羊想，作为医生，怎么能这样呢。

山羊的偶像一个个坍塌了。山羊为此无精打采，它感到生活里一片灰暗，精神几乎要崩溃了。于是，山羊找山神讨教。

山羊说："自己为什么这么没用，找的偶像一个个都靠不住，是不是自己的眼神太差了。"

山神说："不是你的眼神差，而是因为偶像本来就是痛苦的根源。你不断地选择偶像，就是不停地寻找痛苦，你明白我说的意思了吗。"

品位

文 / 甲年

自私自利之心，是立人达人之障。

——吕坤

卧牛山庄的老牛养育了三个孩子：大牛、二牛、三牛。三个孩子长大以后，老牛给了每个孩子一笔钱，让孩子们自己去闯世界。它希望孩子们记住诚信二字，成为高品位的牛。

大牛身体好，有力气、心地善良、肯吃苦。它热爱土地，离不开土地。于是它开垦了几十亩田，当起了种田的牛。大牛辛勤劳作，粮食年年丰收。日子过得虽然并非大富大贵，但也算得上丰衣足食，生活得十分充实。

二牛心灵手巧，肯动脑善钻研，它不想干脸朝黄土背朝天的活计。它办了一家工厂，由于经营有方，它成了远近闻名的企业家，生活很快便步入了富裕行列。

三牛心眼活，能算计、敢冒险。它一门心思想赚大钱，于是它当上了商人。由于找到了经商的窍门，很快便成了大款，富甲一方。

一晃几年过去了。这一天，老牛捎信给大牛、二牛、三牛，约它们回卧牛山庄一聚，叙谈创业体会，并为它们确定品位。

大牛、二牛、三牛早就听说卧牛山庄把牛分成三等，即上等、中等、下等，十分客观公正。据说，牛只要到了山庄门口，不同品位的大门便向你敞开。当你走进去后，那里有解说牛，将告诉你为何结果如此。

大牛想，自己只是种地的，没有多大出息，肯定是下等牛了，下等就下等吧。

二牛想，自己虽然谈不上轰轰烈烈，但也算事业有成，看来肯定算得上是上等牛了。

三牛想，自己赚钱无数，要多么风光有多么风光，能比得上自己的牛有多少？自己当上等牛确定无疑了。

三个牛同时走到卧牛山庄门前。二牛、三牛让大牛先走，只见上等牛的大门向大牛敞开了，大牛美滋滋地走了进去。二牛、三牛惊呆了。

接着二牛走上前去，中等牛的大门向二牛敞开了。二牛很不服气地走了进去。

三牛昂首阔步走到跟前，却见三等牛的大门向它敞开了。三牛想喊叫，但喊不出声，只好乖乖地走了进去。

二牛、三牛对这样的结果不服。老牛出来说话了，它说："大牛既讲诚信又讲良心，所以成了一等牛，是高品位的；二牛失掉了诚信成了二等牛，品位自然差了许多；三牛失掉了诚信又丧失了良心，成了三等牛，毫无品位可言。"

二牛、三牛听了这话，都不吱声了。

它们都清楚自己做了什么。

心中要有牛角

▶ 文／甲年

强者容易坚强，正如弱者容易软弱。

——爱默生

老虎带着小虎学捕猎。

它们来到水牛的领地，发现两只正在激烈争斗的水牛。水牛摆开架式，使足力气你来我往，斗得尘土飞扬，一片狼藉。

显然，它们都杀红了眼。只见甲水牛挺着尖尖的牛角，猛地刺向乙水牛。乙水牛赶紧躲开身，只听咔嚓一声，一棵碗口粗的树被甲水牛的角刺断了。乙水牛不甘示弱，挺起牛角向甲水牛刺去。只听噗嗤一声，乙水牛的角已深深地刺入了甲水牛的腹部，鲜血汩汩地流了出来。

这可吓坏了小虎。它心惊胆战地对老虎说："水牛真的很厉害。它那尖尖的角能刺折大树，能刺透牛皮，太可怕了。我们根本不是它们的对手，不能白白地送死。赶紧逃吧。"

虎大王不慌不忙地说："牛的角锐利不假，可是那是用来对付同伴的，不是对付我们的，不要被它们表面凶恶的样子吓倒。实际上，它们是世界上最软弱的动物，它们的牛角不堪一击。"

说着，老虎猛地向水牛扑去。水牛一看老虎冲了过来，刚才那种威风凛凛的样子立刻消失得无影无踪。它们毫不犹豫地选择了逃跑，各奔东西。老虎快速奔上去，追上了受伤的甲水牛，一下子将它按倒在地，猛地咬住了它的喉管。不一会儿，甲水牛便断了气。

这时，附近有一群水牛都扬起了头，呆呆地注视着这一场面。小虎说："快逃吧，它们的帮手来了。"

老虎说："放心吧，它们不会帮忙的。"

正如老虎所言，那群水牛瞧了一会儿，好像没有看见一样，便又悠闲地开始寻找青草。它们似乎觉得：有了一个同伴被老虎吃了，眼下是最安全的时候，因此更加镇定了。

小虎忽然明白了：水牛虽然拥有强壮的身体，尖锐无比的牛角，可惜它的心中没有牛角。它的心灵是软弱而自私的，它除了能够对付同伴以外，就没有任何本事了。

大象看到了这一切，痛心地说："心中要有牛角才行，否则注定要被老虎打败。"

外表的强大是靠不住的，心灵的强大才是真正的强大。

失算的刺猬

▶ 文／丙志

万夫一力，天下无敌。

——刘基

刺猬浑身长满了尖刺。每当它与对手争斗时，它就将浑身的尖刺竖起来。对手常常被它的尖刺刺中嘴巴，使其痛苦不堪。这样，便以刺猬的胜利而告终。

大象是动物世界的大力士，没有谁敢招惹它。刺猬想，如果我能战胜大象，不就说明我天下无敌了吗。于是它便对大象提出了挑战。

大象心想，刺猬有何本领，竟然敢向我挑战，于是大象决定迎战。

有一天，大象与刺猬在森林里相遇了。大象看着刺猬长得那样小，根本不把它当回事。心想，我一脚把你踏扁了算了。于是抬起它那只大脚猛地向刺猬踏去。只听哎哟一声，大象把它的脚又抬了起来。

大家一瞧，只见刺猬的尖刺已经深深地扎入了大象的脚心。大象痛苦地直喊叫。更令大象尴尬的是，刺猬已经牢牢地附在它的脚上，它的脚只能抬着，不敢落地，它干着急却没有办法。

它只得低头向刺猬认输。

大象被刺猬打败了的消息很快就在动物世界中传开了。从此，刺猬在动物世界中名声大振，大家遇到它，都躲得远远的。

有一天，刺猬与一群蚂蚁发生了冲突。刺猬对蚂蚁说："你们知道我是谁吗？"

蚂蚁说："我们不知道你是谁。"

刺猬说："我是动物世界中最厉害的动物，曾经战胜过大象。"

蚂蚁并不买它的账，纷纷向它发起了进攻。

刺猬赶紧将它的尖刺竖起来。

但是，它很快就发现，它的尖刺对蚂蚁一点用也没有。上百只蚂蚁把它的尖刺当成了梯子，很容易地找到了它的皮肉，然后狠狠地咬。刺猬痛得嗷嗷直叫。但是，它毫无办法。

它只得向蚂蚁认输。

时尚

文 / 丙志

要独立思考问题，不要人云亦云。

——爱默生

一次蛇在动物歌舞晚会上表演蛇舞受到了观众的赞赏。它光溜溜的身体给大家留下了很新奇、很有趣、很异端的印象。

尔后动物们纷纷剃光了尾巴上的毛，用无毛的尾巴模仿蛇的动作，这种行为很快成为一种时尚。

猴子剃光了长尾巴，用光尾巴打架，名曰二蛇相会；白猪剃光了自己的小尾巴，打了个卷，名曰银蛇独舞；花猫剃光了自己好看的尾巴，它旋转着身子捉自己的光尾巴，名曰猫蛇赛跑。

松鼠看到大家都剃光了尾巴，表演了多种花样、丰富多彩的节目，心里便更痒痒了。它决定也剃光尾巴，在松树上表演精彩的舞蹈，它觉得自己会表演得更出色。

大象得知松鼠要剃光尾巴，便找它谈话。大象说：“你的尾巴具有保持平衡的作用，你剃光了尾巴会有危险的，我劝你不要赶时髦。”

松鼠说：“大象你想多了，你看大家都剃光了尾巴，都没出现问题，我也能行。难道不是这样的吗？”

大象见劝说不管用，便无奈地走了。

松鼠便找来剃刀让狐狸剃光了自己的尾巴。松鼠兴奋地攀上大树，想像往常一样表演轻松欢快的舞蹈，可它刚蹦了两下，便感到头重脚轻，失去了平衡。它一下子从高高的树上栽了下来，把大腿摔断了，它变成了一个跛子。

从此，松鼠便残废了。

乌鸦与喜鹊

文 / 丙志

自私和贪婪相结合，会孵出许多损害别人的毒蛇。

——艾青

乌鸦与喜鹊相邻而居。前者是悲观派，后者是乐天派。

乌鸦整天伤心流泪，有时还哇哇地大哭，好像日子难以过下去了。喜鹊总是乐呵呵的，欢快无比，好像每天都遇到许多好事。

天使很纳闷，是什么原因造成了它们截然相反的两种心情呢？它决定分别送给它们一些礼物，以改变它们的处境和心情。

天使觉得，喜鹊那么快乐，也许它很富足，不需要太贵重的东西。于是，它就送给喜鹊一个并不贵重的铜巢，这个铜巢是很普通的那一种。

天使心想，乌鸦整天哭泣，一定是在生活中遇到了困难。于是它就送给乌鸦一个很贵重的金巢。要知道，金巢是飞禽世界里最好的宝贝呀。

不料，怪事发生了。

喜鹊收到天使的铜巢之后，高兴极了，它唱起了动听的歌曲。它说，这个东西太贵重了，简直受用不起，它要感谢天使一辈子。

乌鸦收到天使的礼品以后，却发出了更加痛苦的哭泣声。

天使感到困惑极了，它思忖，也许乌鸦不认识这个金巢。于是，它告诉乌鸦说，这个东西是金子做的，它是十分贵重的。

令天使想不到是，乌鸦说它知道这个金巢的价值。

天使问："既然你知道那个金巢的价值，那么你为什么不高兴，反而哭泣呢?"

乌鸦说："那个金巢实在是太完美了。可是我有两个孩子，假如有三个金巢，我们家每只乌鸦都有属于自己独立的金巢该多好呀?可惜，这个愿望恐怕很难实现，所以我十分悲伤。"

天使一听这话，心里感到很生气。但它想，看我能不能让乌鸦高兴起来。

于是，它又送给了乌鸦两个金巢。

乌鸦又得到了两个金巢，只见它眼睛一亮，尔后却又大哭起来。

天使感到很不理解。

它问乌鸦："现在你的愿望都实现了。可是，你为什么还不高兴呢。"

乌鸦说："如果整棵大树都变成金的，那该多好呀?可是，这个愿望……"

天使一听，目瞪口呆。它终于明白了乌鸦不快乐的原因。

将来的你 一定感谢现在拼搏的自己

▶ 文 / 张云广

你挣得了安适的睡眠，你就会睡得好；你挣得了很好的胃口，你吃饭就会吃得很香。这儿的情形和人间是一样的——你得规规矩矩，老老实实地挣一样东西，然后才能享受它。你决不能先享受，然后才来挣得。

——马克·吐温

《庄子·养生主》中讲述了一个耐人寻味的故事：一个名叫丁的厨师向文慧君讲解自己解牛的经验时说，一个普通的厨师每月换一次刀，因为他是在用刀砍骨头；一个较为优秀的厨师每年需要换一次刀，因为他是在用刀割筋肉；而我的刀到现在已经用了十九年了，十九年来宰牛数千头，但刀刃却像刚从磨刀石上磨出来一样锋利光亮，这就是因为我以无厚（即刃薄）的刀顺着骨节间的空处进刀，所以能够游刃有余，整个过程像是在表演一场美妙的音乐和舞蹈。

庖丁以无厚入有间，避开了难以下刀的筋骨结节，更避开了坚硬的牛骨，不仅成就了其精湛通神的技艺，而且使整个过程变得得心应手轻松自如，化任务为享受，化生活为艺术。庖丁的成功经验启示我们：在有的时候，巧妙地回避问题恰恰是解决问题的最佳途径。

玩过电子游戏《魂斗罗》的人都知道，在带枪战士通往关底的途中，并非要攻克每一座城堡、消灭每一个敌人和得到每一次加分的机会后才能前进乃至最终的闯关成功。其中的道理很简单，有很多城堡和敌人不必攻克和消灭，有一些无关紧要的加分也不必理睬，只要能绕过一段路程后，身后的城堡和敌人自然会不再构成自己前进道路上的障碍和阻力。

其实我们的人生又何尝不是如此呢？毫无疑问，人生也是一个闯关的过程，在我们前进的路上会有许多的障碍和阻力，干扰和诱惑，为此我们需要坚定的信念和昂扬的斗志，但这并不是说我们要处理掉本阶段的所有问题后才能继续上路，切不可贪恋一时的战斗而忘却人生指针的方向。

问题的关键在于，我们要分清哪些是我们前进途中必须要面对和解决的，哪些是即使我们不解决也不会影响我们的人生质量，否则只能主观地加大人生的重负，泥足深陷于“局部战争”中徒然消耗生命能量，一如当年越战中和越战后的美国。

所以，我们不必过于计较他人对自己的非议，大可把它们当作蛛丝一样轻轻拂去；不必过分委屈自己来一味迎合他人的脸色和目光，只要俯仰无愧大可勇敢地释放属于自己的光芒；不必非要与周围的人争得面红耳赤来证明自己的清白，事实之石自会随时间之水落而露出其本来之面目；不必确保生活的每一个细节都做得面面俱到，一些可做可不做的事情完全可以搁置一下，在某一天的某一个午后当作自己紧张忙碌之余的娱乐消遣；不必把路边所有的果子都采摘到自己的背囊之中，只要有选择地带上几颗可口的来解渴就行；不必……

人的时间和精力毕竟是有限的，给生命留足够前行的能量和空间，以无厚入有间，你的人生也会像庖丁解牛一样轻松、精彩和美妙。

葡萄的初心

文 / 张云广

人生的旅途，前途很远，也很暗。然而不要怕，不怕的人的面前才有路。

——鲁迅

一直以为，葡萄是只有果，不开花的。

这也难怪。十几年前，曾经于庭院中栽培过两株葡萄树，那时还是一个孩童的我盼等的只是甜美的浆果。如今想来，这与小学时代读过的一篇课文《我要的是葫芦》中那位只知道自言自语“我的小葫芦，快长啊，快长啊！长得赛过大南瓜才好呢”却不知为其叶子清除蚜虫的主人公有着几分的相似。

那时毕竟还小，而葡萄花却极其微小和低调，出现“只知葡萄不知花”的情况也是可以理解的。

葡萄没长几年，两边栽种了核桃树和柿子树，空间不足，只好把葡萄藤砍掉。于是连续多载，虽然葡萄每年都会有新枝条破土而出，但却每每都难逃被砍伐的厄运。

前年秋天，柿子树被移栽到他处，空间又宽敞了起来。第二年春天，父亲就从六根新枝条中择了两根位置合适且较为粗壮的，为它们搭了一个木架。也许是压抑了太长时间的缘故，葡萄藤长势惊人，到深秋落叶之前几乎爬满了整个木架。

今年五月中旬的一个静谧月夜，从葡萄架旁经过，一阵沁人心脾的清香入鼻，心情为之大畅。

分明是花香，可是花香是从哪里飘来的呢？借助皎洁的月光，靠近一串串“葡萄”处轻嗅，才发现了其中的秘密。原来，前些日子一直认为是葡萄果的小绿颗粒，竟然是葡萄绿色的花蕾。如今，一些花蕾依然闭合，但也有不少已经开放了，花香正是从开放的葡萄花中飘逸而出的！

这才明白，葡萄是圆锥花序，一个花序长成一串葡萄。每个花序上生长着几十朵甚至几百朵小花，花蕾绽放，露出中间卵圆形的绿色子房。雌蕊短小，五根雄蕊则指向不同的方向，花丝为白色，花药则为浅黄色。这些隐于掌状叶子间的小花太过隐秘，如不走近细瞧，是很容易被忽略不见的。

俯身向地面看去，竟有薄薄的一层玲珑小巧的花瓣。捡拾起来，摊在手中拿到光亮处观察，花瓣五个，是绿色的，顶部连生着，整体来看像一个微型的有着五个檐的帽子。花蕾原本是闭合的，当“这顶帽子”自基部与花托分离并脱落之后方能一窥里面的秘密。

“葡萄是有花的，没有花哪有果？”葡萄正是有了这四至五月的花期，才有了八到九月的果期，我为自己平日里的无知妄断感到有些可笑。

葡萄的浆果有青绿色、紫红色、紫黑色等不同的颜色，我家的这两株葡萄树品种是“巨峰”，成熟之后为紫黑色。“巨峰”果汁多、果肉甜，当年的中秋时节留存在味蕾上的记忆至今难忘。

葡萄的确是诱人的，在以“葡萄”为题的咏物诗中都不乏赞美之语。唐代的唐彦谦夸赞其是“绿珠醉初醒”，元代的郑允端夸赞其“入口甘香冰玉寒”，清代的萧雄夸赞其“赛过荔枝三百颗”。同为清人的吴伟业则这样生动地写道：“百斛明珠富，清阴翠幕张。晓悬愁欲坠，露摘爱先尝。色映金盘果，香流玉碗浆。不劳葱岭使，常得进君王。”

视觉和味觉俱佳，葡萄自然是“常得进君王”了。而“不劳葱岭使”一句也隐含了中土并非葡萄原产地的事实。葱岭即帕米尔高原，古丝绸之路经行处，地处中亚东南部、中国最西端，而亚洲西部正是葡萄的原产地。

关于葡萄传入中土，还有更广为人知的诗句为证。唐代李颀在诗歌《古从军行》中写道：“年年战骨埋荒外，空见蒲桃入汉家。”蒲桃即葡萄，这还要追溯到汉朝，汉武帝为了求得“天马”即今阿拉伯马开通西域，而葡萄和苜蓿的种子则是“天马”之外的两大“意外收获”。

凡事皆是有一个因果的，正如有开通西域在前，才有葡萄入汉在后；有葡萄花开在前，才有葡萄果结在后。现实生活中也有一种人与花隐果显之葡萄风格相近，他们于不动声色中怀揣一份美好的初心，积蓄一路成长的力量，最终成为“无意争锋却已成峰”的成功人士。

宋人墙壁爱题诗

文 / 张云广

人生最终的价值在于觉醒和思考的能力，而不只在于生存。

——亚里士多德

宋朝人题诗于壁上是成风气的，虽然当年的墙壁多半早已不复存在，但那些题壁之作却借助当年的墙壁作载体得以传播而不朽。

北宋苏轼的一首《题西林壁》堪称经典之作。宋神宗元丰年间，苏轼由黄州改迁汝州，途中与友人同游江西庐山。“日照香炉生紫烟”的庐山美景让诗人逸兴遄飞，于是，一首传世诗作题写在庐山西麓西林寺的墙壁上，也题写进后世之人的书页和心间。

“横看成岭侧成峰，远近高低各不同。不识庐山真面目，只缘身在此山中。”

诗歌有景色之美，更有理趣之妙。那巍峨的庐山，横看是连绵不绝的葱绿山岭，侧看则是高耸入云的山峰。山中看山，角度不同，风景不同，而这都不是庐山的全貌，唯有山外看山，才能得以一窥庐山壮丽的真容。看山如此，看事看人又何尝不是如此呢？

同样写于宋神宗年间的一首无名氏的《题壁》也充满了理趣，而且说理更加趋于通俗化。诗云："一团茅草乱蓬蓬，蓦地烧天蓦地空。争似满炉煨榾柮，慢腾腾地暖烘烘。"

一团晒干的茅草和几段略朽的榾柮（即树根）燃烧起来哪个更能给人带来冬日的温暖呢？你看，在噼噼啪啪的声响之中，茅草异常凶猛的火势映红了半边天，只是瞬间又熄灭化作一地的灰烬。你再看，那火炉里的树根，虽然窜动的火苗不够大，但却能够持久地为人提供温暖。短暂的高调与耐久的低调哪一个效果更好，哪一个才更符合做人之道？诗人不作评论而答案早已在读者之心了。

公元 1201 年，陆游骑着一匹马在山阴拜访了一个小村庄——西村。这个重山深处的村庄有着世外桃源般的美景和宁静。一座小桥被高大的柳树簇拥着，临水处有几户人家，清风吹过茂密的树林，送出数声清脆婉转的鸟鸣，蔚蓝的天空载着轻盈的云朵，一弯新月也不甘寂寞地早早出来……

风景醉人，往事暖心。原来，诗人已经不是第一次来这里了。回想当年，诗人一路尽情游玩口渴难耐，曾无意中闯入这里敲门求水，更重要的是，兴之所至，诗人于无边醉意中把一日之见闻题写在了一处墙壁之上。而今日，故地重游，往岁所题诗歌仍在，只是墙壁有所损坏，斑斑青苔也趁机扩张了自己的地盘。

"山外青山楼外楼，西湖歌舞几时休！暖风熏得游人醉，只把杭州作汴州。"这首著名的题壁诗《题临安邸》出自临安一位名叫林升的士人笔下。

当时正值南宋宋孝宗淳熙年间，中原未能收复，统治者就已经自我陶醉了，而风景如画的人间天堂——杭州为他们的精神消费提供了最好的自然资源。于是，一座座华丽的楼台上，轻歌曼舞的场面到处可见，及时行乐的“游人”络绎不绝。诗人不禁感慨万千，曾入了《清明上河图》的汴京昔日又何尝不是这样的一番情景？这莫不是要重蹈历史覆辙的节奏？歌舞几时休？歌舞几时休！

同样是无名氏的一首《题壁》与《题临安邸》的主旨十分相近。诗云：“白塔桥边卖地经，长亭短驿最分明。如何只说临安路，不较中原有几程！”恢复中原，大概已经不是某些人考虑的选项了。

古典名著《水浒传》中的男一号宋江更是一个“题壁诗控”。宋江被刺字发配到江州，于浔阳楼上独自饮酒，想到自己“名又不成，功又不就，被文了双颊，配来在这里”，不觉有泪潸然，于是挥毫把心思写于白粉墙上。

一首《西江月》云：“自幼曾攻经史，长成亦有权谋。恰如猛虎卧荒丘，潜伏爪牙忍受。不幸刺文双颊，那堪配在江州。他年若得报冤仇，血染浔阳江口！”一首七绝诗云：“心在山东身在吴，飘蓬江海谩嗟吁。他时若遂凌云志，敢笑黄巢不丈夫！”诗词豪放得有些血腥，明显带有酒壮英雄胆的成分，与平日里的那个理性宋江形象是有区别的。

当然，在诗词的后面，这位江湖人称及时雨的他日梁山头领也不忘写下“郓城宋江作”这可以避免“著作权纠纷”的五个大字。而也正是这五个字为他招来了牢狱之灾，幸好梁山好汉成功劫得法场，宋江才躲过一劫。

或书写所悟哲理，或抒发一路游兴，或借以警诫世人，或表达平生志向，宋人题诗壁绝不仅仅是为了刷存在感而发布的供来往路人观瞻的“微博”，而是有值得反复玩味的真情实感蕴含其中的。

极简主义的冬天

▶ 文 / 戎装云

人生是各种不同的变故、循环不已的痛苦和欢乐组成的。那种永远不变的蓝天只存在于心灵中间，向现实的人生去要求未免是奢望。

——巴尔扎克

三九寒天，推开一扇久已不开的窗户，凹槽中一只颜色绚丽的瓢虫吸引了我的注意。费了好大的力气才把它取出，放于掌心，倒转过来想辨识一下它的生死。任我手指如何触碰，它的六条腿也绝不动弹一下，竟然始终保持一个平面。果然是把“僵尸神功”修炼到家了！

挨近鼻子细闻，它的作为昆虫固有的气味还是暴露了它诈死的真相。为了避免被窗外的寒流冻死，我把瓢虫放置在屋内的窗台上。可是，隔了几分钟再去看时，那只小家伙早已不在原处。

这让我稍感意外，原来它不仅活着，而且还醒着，刚才不过是跟我演出了一段装死的剧情而已。窗户的角落里有一个小洞，拿手电照照，果然就藏在那里。明年惊蛰时节的某一个时刻，它还会爬出来，然后在同样一个无人知晓的时刻，展翅飞到窗外，拥抱属于它的春天。

这让我想起了清人郑板桥的一副书斋对联："删繁就简三秋树，标新立异二月花。"正所谓，时维九月，序属三秋，洞庭起波，木叶渐脱。如果说深秋是一个删繁就简的过程，那么冬天就是一个删繁就简的结果。或者这样说，如果深秋奉行的是简约之风，那么冬天则奉行的是极简主义。

曾经繁茂的叶子飘然而落，木本植物和一些藤本植物简约到只剩下一根根裸露的枝条。乡间小路两边曾经葳蕤了一夏的草本植物，到冬天更是只剩下一具具脆弱的枯骸。昆虫们全部销声匿迹，许多进入冬眠模式的小兽也不见了影踪。

然而，即使是极简的冬天，也从未简化为零，从未简单地等同于虚无。关于这一特征，细心观察你便会发现。

你看，杨树、柿子树、核桃树的枝条上，鼓鼓的叶苞一直都在；你看，葡萄看似干枯的长藤上，同样结着一个个的叶苞。待明年春风至，这些叶苞就会打开，一个坚守了整个冬天的秘密就会打开，一片片叶子终将舒展成一片片的绿意，茂盛之姿不减往年。

冬麦是北方田野中唯一的绿色，暂停生长的它们等待着已经不算太遥远的返青日子。麦苗中间，总有一些比麦苗还要矮小的野草在白雪的覆盖下保持着几分的苍绿，其中就不乏麦蒿的身影，明年春雨润物无声，它们将成为最先发力成长的草类。而在冬天到来之前，那些一年生的草本植物，早就借助秋风之力把种子播撒到地上，那些种子正以足够的定力等待明年发芽的时机。至于那些多年生草本植物，其根蒂依旧蓄存着足以延续生命的力量，同样默默地等待明年的春光。

同样等待明年春光的当然还有那只爬到墙洞里的瓢虫、冬眠的蛇、冬眠的熊、冬眠的青蛙、冬眠的松鼠、以及树洞中饿极了醒来吃些自己储备的松子等小点心然后再次进入冬眠状态的花栗鼠……

减去芜杂，安享简单；减去躁动，安享宁静，并在简单与宁静中储备新的生机和力量。这就是冬天，奉行极简主义的冬天，似无还有、似冷还热、似静还动的冬天。

原来，在这看似空荡冷清的季节，那种最基本的希望谁都没有抛弃，那种最核心的能力谁都不肯放弃，只不过是生物圈内万千生灵把这种有的状态、热的表征和动的节奏降到了最低的限度，蓄势以待等新的出发契机而已。

冬天是一个理性而节制的季节，所有春日的生机、夏日的灿烂和秋日的丰硕都要仰仗它的这份理性而节制的智慧！

一张测试表背后的故事

▶ 文 / 小云

希望是附丽于存在的，有存在，便有希望，有希望 ，便是光明。

——鲁迅

艾莉斯是普拉托中学的一位女学生，她是一位非常不礼貌的孩子，喜欢独来独往，而且脾气特别大，稍微有点不顺心就朝同学们发火甚至是骂人，因而，几乎所有的同学都不喜欢她，不愿意与她交朋友或者一起玩游戏。

那天，艾莉斯的心情似乎特别不好，她在下课后走出教室时，一位女同学不小心踩到了她的脚后跟，艾莉斯一把推向她，差点把那位同学推得摔倒在地，同学们愤怒地把这件事情报告给了罗特老师。

罗特把艾莉斯叫到办公室进行了批评和教育，但艾莉斯并没有意识到自己有什么不对，在走出办公室不久后，她写了一张纸条放在课桌上就离开了学校：艾莉斯决定退学了！

同学们看着她离开，没有人说一句话，也没有一个人去阻止她，甚至没有一个人把艾莉斯留下的纸条转交给老师。对于艾莉斯的离开，没有一个人觉得有什么不舍！

罗特老师在看到这张纸条后，来到了艾莉斯的家里，她正一个人在看书。“你不喜欢学习吗？”罗特老师问。

“不！我非常喜欢学习，但是我不喜欢继续待在学校里，因为每个人都讨厌我！”艾莉斯说。

“我并不这样认为！我建议你应该跟我回学校，让同学们做一个测试，看看到底有多少人愿意你离开学校！”罗特老师说。

罗特老师领着艾莉斯回到了学校，他拿出一些测试表，在那些表上，写着这样的一道测试题：“艾莉斯想退学，你认为：1. 我希望艾莉斯离开；2. 我希望艾莉斯留下；3. 无所谓。”

罗特把这些测试表拿到了教室里，10 分钟后，他拿着同学们填写好测试表回到了办公室，让艾利斯万万没有想到的是，除自己外，全班 55 个人，55 张测试表上的勾，无一例外地全都打在第二项的选择上：“我希望艾莉斯留下”！

“天哪！同学们竟然都希望我留下？”艾莉斯惊喜地叫了起来，她兴奋地对老师说，“我一定要留下来继续读书！”

艾莉斯重新走进了那间她走进走出无数次的教室，与往常不同的是，这次她是带着微笑走进去的！艾莉斯从内心里感激同学们在测试表上所做出的选择，从那以后，她对待所有同学都变得友好和热心起来，脸上更是时刻都荡漾着友善甜美的微笑。慢慢的，她和同学们之间建立起了深厚的友谊，所有同学们都愿意和她一起游戏、玩耍，艾莉斯成了一位受所有同学和老师欢迎的人！

后来的一天，艾莉斯在清扫完教室卫生后，提着畚箕走向操场边的垃圾箱，远远的，她看见罗特老师手里拿着一个抽屉，把里面一些废纸类的东西倒进了垃圾箱。

艾莉斯来到了垃圾箱旁边后，看见在罗特老师倒出的那些废纸里，竟然有一包小小的什么东西，她下意识地捡起来拆开一看，那里面是一叠似曾相识的测试表，上面写着："艾莉斯想退学，你认为：1. 我希望艾莉斯离开；2. 我希望艾莉斯留下；3. 无所谓。"艾莉斯一张一张地翻看过去，让她无法理解的是，那些测试表上的勾，全部都打在第一项的选择上："我希望艾莉斯离开！"

艾莉斯明白了，罗特老师当初在办公室里给她看的，其实是他早有准备的，而那些真正的测试表，其实被罗特老师暗中藏了起来！那次，虽然同学们的选择其实是希望自己离开，但艾莉斯深信，如果现在让同学们再做一次选择，他们一定会真正地选择第二项——"我希望艾莉斯留下！"

是什么改变了同学们？艾莉斯思考了很久之后终于明白，是自己的改变，改变了同学们！真正决定着同学们作出选择的，不是别人，而是自己。你怎样对待别人，别人就会怎样选择和评价你！

为人莫做大笨龟

▶ 文 / 小云

要做到内心强大，一个前提是要看清身外之物的得与失。患得患失的人，不会有开阔的心胸，不会有坦然的心境，也不会有真正的勇敢。

——于丹

在南美洲的厄瓜多尔海边，有一种性格温顺的海龟，当地人把它们称作大笨龟。

这些大笨龟的体形和力气都很大，又特别擅长在海边甚至是陆地上行走，所以当地人就常常喜欢骑着它用来代步，或者运载货物。让人意想不到的是，这些海龟从没有经过人们驯养，那么，当地人又是怎么控制它们前进甚至是左右转弯的呢？

当地人有一种非常好的办法，他们坐到大笨龟的背上以后，就会用一根很长的杆子吊起一串海龟最爱吃的香蕉，不远不近地垂到大笨龟脑袋前，大笨龟为了吃到这串香蕉，就不断地往前跑，香蕉自然也就随着大笨龟的移动而移动，而当人们把香蕉往左右任何一侧伸时，大笨龟就会跟着拐弯。这样，当地人就能轻易地控制大笨龟了。当然，一旦到达目的地，当地人便会将那一串香蕉抛在地上供其享用。

这种大笨龟确实很笨，为了吃到一串香蕉，竟然这么轻易就被控制了，甚至完全忘记了自己原本想走的路线，变得被动不堪！

我们人类总自认为是世界上最聪明的动物，其实仔细想想，我们都只是一只大笨龟！我们的一生，也都是在追逐着眼前那一串串无形的香蕉中度过。哪个专业吃香，我们就考哪个专业，哪个行业赚钱多，我们就往哪个行业挤，就连那莫名其妙而又被称为时尚的黄头发，人们也要争先恐后地跑进理发店染起来……

特别是现在的家长们，不仅自己是一只追着香蕉跑的大笨龟，而且有时候还充当起驾龟人，他们举起一串又一串被标识为“艺术”、“知识”的香蕉，引诱甚至是逼迫着孩子往他们指定的方向跑。

我们每个人，从小就是一只大笨龟，我们长大后，在家里是举着香蕉的驾龟人，在外面，依旧是一只追着香蕉跑的大笨龟！我们甚至还比不上大笨龟！对于香蕉，大笨龟有则有，无则无，不会去求人。可我们呢？没那串香蕉似乎就没了人生的意义，天天寻找，天天企盼，甚至是求神拜佛——请举一串香蕉到我面前来吧！

只做最容易成功的事

文 / 小云

一知半解的人，多不谦虚；见多识广有本领的人，一定谦虚。

——谢觉哉

在纽约第五大道有一家复印机制造公司，他们需要招聘一名优秀的推销员。老板从数十位应聘者中初选出3位进行考核，其中包括来自费城的年轻姑娘安妮。

老板给他们一天的时间，让他们在这一天里尽情地展现自己的能力！可是，什么事情才最能体现自己的能力呢？走出公司后，几位推销员商量开了。一位说："把产品卖给不需要的人！这最能体现我们的能力了，我决定去找一位农夫，向他推销复印机！"

"这个主意太棒了！那我就去找一位渔民，把我的复印机卖给他！"另一位应聘者也兴奋地说。出发前他们叫安妮一起去，安妮考虑了一下说：

“我觉得那些事情太难了，我还是选择容易点的事情做吧！”接着，她往另一个方向走去！

第二天一早，老板再次在办公室里召见了这三位应聘者：“你们都做了什么最能体现能力的事？”

“我花了一天时间，终于把复印机卖给了一位农夫！”一位应聘者得意地说，“要知道，农夫根本不需要复印机，但我却让他买了一台！”

老板点点头，没说什么。“我用了两个小时跑到郊外的哈得孙河边，又花了一个小时找到一位渔民，接着我又足足花了四个小时，费尽口舌，终于在太阳即将落山时说服他买下了一台复印机！”另一位应聘者同样得意洋洋地说，“事实上，他根本就用不着复印机，但是他还是买下了！”

老板仍是点点头，接着他扭头问安妮：“那么你呢？小姑娘，你把产品卖给了什么人，是一位系着围裙的家庭主妇？还是一位正在遛狗的夫人？”

“不！我把产品卖给了三位电器经营商！”安妮从包里掏出几份文件来递给老板说，“我在半天里拜访了三家经营商，并且签回了三张订单，总共是600台复印机！”

老板喜出望外地拿起订单看了看，然后他宣布录用安妮。这时，另外两名应聘者提出了抗议，他们觉得卖给电器经营商丝毫没什么可奇怪的，他们本来就需要这些产品。

“我想你们对于能力的概念有些误解！能力不是指用更多的时间，去完成一件最不可思议的事，而是用最短的时间，完成更多最容易的事！你们认为花一天的时间把一台复印机卖给农夫或渔民，和用半天的时间把600台复印机卖给三位经营商比起来，谁更有能力，又是谁对公司的贡献更大？”老板接着严肃地说，“让农夫和渔民买下复印机，我甚至怀疑你们是胡乱吹嘘了许多复印机的功能！我必须要提醒你们，这是一个推销员最大的禁忌！”

说完这番话后，老板告诉他们在录用人选上，他不会改变自己的主意！在日后的工作中，安妮一直秉承一条原则：把所有的精力都用来做最容易成功的事情！不去做那些听上去很玄乎，但对公司却没什么帮助的事情。多年后，安妮创下了年销售200万台复印机的世界纪录，至今无人能破！

2001年，安妮不仅被美国《财富》杂志评为“20世纪全球最伟大的百位推销员之一（也是其中唯一的一位女性）”，而且还被推选为这家复印机制造公司的首席执行官，一任就是10年！她就是去年刚刚退休的全球最大的复印机制造商———美国施乐公司的前总裁安妮·穆尔卡希。安妮在回忆录《我这样成功》中写道：我的成功就是用最短的时间，做更多最容易的事情！

环顾一下现如今我们身边的整个营销界，铺天盖地都是那类“把冰箱卖到北极”“把梳子卖给和尚”的营销故事，简直成了营销界的精神偶像，也正因此，“假、大、空”甚至是恶意侵害消费者利益的推销员就层出不穷、屡见不鲜。安妮·穆尔卡希的“能力观”，值得思考和借鉴！

木盒里的七彩光

▶ 文 / 小鹤

哪里有生命，哪里便有希望。

——泰伦提乌斯

罗尔坐在家门口，愁眉紧锁，因为一场突如其来的洪水，冲走了田园里所有即将收割的水稻和麦子，还有一大片已经成熟的椰菜和西红柿。

本来，这些食物足以使他们安然度过接下来的一年，但是现在，哪怕立即恢复耕种，也无济于事。他的儿子刚刚出生不久，父亲又已经年迈，况且这些日子以来，父亲的身体生病，他们都迫切需要粮食和营养！

父亲在房间里问罗尔田园的状况，罗尔沮丧地走进去说："父亲，我们现在已经一无所有了，农作物全都被洪水冲走了！"

"傻孩子，你可不是一无所有。"父亲艰难地从床头柜子里取出一个陈旧的小木盒说，"我们还有一颗非常值钱的七彩钻石！"

父亲给罗尔讲了一个真实的故事：很多年前，父亲的祖父到山里打猎，有一只野狼被箭射伤以后逃进了一个山洞，祖父在山洞里捕获野狼后，还发现了一颗闪闪发光的东西，这颗珍贵的七彩钻石！

从此，这颗钻石被父亲的祖父保存了下来，他的祖父也在那个时候定了一个规矩：这颗钻石只保存在家里的年长者手中，不到万不得已，不能把它打开来看，更不能拿去变卖。只有在年长者将要死去的时候，才可以当着家人的面把密斯特瑞盒打开看一眼。

所以，父亲的祖父在把密斯特瑞盒传给罗尔的祖父时，曾打开过一次，后来，罗尔的祖父把密斯特瑞盒传给父亲时，又曾打开过一次。

父亲让罗尔把全家人都叫到床前，然后告诉大家他要把这个传家之宝传给罗尔。父亲抬起手中的木盒，慢慢打开，在那一刻，罗尔和他的妻子都惊呆了，随着盒盖的开启，一道七彩光芒射了出来，映在了父亲的脸上！父亲张大着嘴巴，两眼直愣愣地看在盒里，一语未发！半晌，他才回过神来说："太不可思议了！我无法相信世界上竟然有这么大、这么美丽的七彩钻石！"

虽然罗尔和他的妻子无法看见那颗钻石究竟有多大有多美，但是盒子里面反射出来的七彩光以及父亲的表情足以说明一切。

父亲把木盒盖起来，递向罗尔，然后告诉罗尔说："无论如何，我们都不会一无所有，因为你还拥有一颗非常珍贵的七彩钻石！"

有了这颗钻石，罗尔似乎一下子看到了希望，他又精神抖擞地回到了田园里，每天都快乐地劳动着。他的妻子也跟着丈夫，努力地投入到劳动中。粮食很快吃完了，但罗尔和妻子没有感到绝望，因为他们深信：自己无论如何都不会走投无路，因为他们拥有着一颗无比珍贵的七彩钻石！

他们开始上山，找各种能吃的东西：野菜、虫卵、树叶甚至是树皮，把这些大自然赋予的食物做得美味可口。就这样，罗尔一家艰难地度过了半年，他们终于从田园里收获到了足以让他们吃上一年的麦子和稻谷，还有成片成片的蔬菜和水果，也开始慢慢成熟！

转眼几十年过去，罗尔已经是一位耄耋老人，那天，他决定把木盒交给儿子。按照家矩，他当着全家人的面打开了那个盒子，一道七彩之光从盒子里面映射了出来，罗尔惊讶地张大了嘴巴，他几乎无法相信自己眼前的情景是真的：盒子里放着的，根本就不是什么七彩钻石，而是一块普通得不能再普通的石头，而发出那一道七彩光的，只是粘在盒盖内侧的几片七彩碎镜子……

刹那间，罗尔明白了这个盒子存在的真正意义：无论遇到什么困难，都要相信我们还拥有一颗非常珍贵的七彩钻石。而那颗钻石，它可以是我们的生命，也可以是一种追求的信念！

第三辑

Chapter Three

鲨鱼的天敌

文 / 小鹤

团结就是力量。

——谚语

一支海洋生物科考队在西太平洋的海面上发现了两具成年鲨鱼的浮尸，无数幼小的鲦鱼围聚在鲨鱼旁，啄食着腐肉。

鲨鱼是海洋生物中当之无愧的大王，它们是怎么死的呢？科考队员们首先怀疑到疾病，他们把那两具鲨鱼浮尸打捞上来，进行解剖研究，然而结果却让他们大感意外，那两条鲨鱼身上没有任何病变，它们的身体非常健康，只是科考队员们在鲨鱼的头部发现了一个巨大并且足以致命的伤疤！

究竟是什么东西撞上它们？根据记录，这两个月里甚至从来没有船只经过这片海域。科考队决定下水研究，下水后，他们很快发现了一条强壮的鲨鱼，正惬意地游动着，而在这不远处，就有一大片群居的鲦鱼。显然，鲨鱼看见了那群鲦鱼，开始慢慢向他们游过去。

“他们很快要成为鲨鱼的美餐了！”所有的科考队员都为鲦鱼捏了一把汗，然而，等鲨鱼张开血盆大口冲向鲦鱼的时候，让人意想不到的一幕发生了：那群鲦鱼以迅雷不及掩耳之势，绕过鲨鱼的大嘴，窜到鲨鱼的身体侧边，它们一起疯狂地撕咬鲨鱼的皮肤，还有许多鲦鱼则不断地冲向鲨鱼的眼睛，疯狂地啄去，鲨鱼就在不断地躲避中，轻易地就被控制了“航线”。鲨鱼被咬得疼痛不堪，它空有一身力气，却丝毫没有办法对付那些小家伙，它拼命挣扎着想逃离，但无论怎么逃，鲦鱼总能掌握它的方向！

很快，鲨鱼就被逼进了一个乱礁群，抱头鼠窜的鲨鱼此时早已分不清东西南北，几分钟后，它一头撞上了一个高高耸起的大礁石上，一命呜呼！鲦鱼们围着它，这丰厚的美餐足够它们享用一个月了！

到这时，科考队员们才意识到，海洋中其实并没有真正的王，小小的鲦鱼几乎处在海洋食物链的最底层，然而它们却能凭着一种相互合作的生存精神和智慧，战胜鲨鱼，让被称为“海洋之王”的鲨鱼成为它们的盘中餐！

是的！再强大的个人，只要孤军作战，总会有鞭长莫及的破绽；再渺小的个体，只要组成团队，相互合作，总会有以弱胜强的力量！

失算的鹦鹉

▶ 文 / 丁沈

世界上最慷慨的人莫过于溜须拍马，他可以说尽天下最美丽的谎言；世界上最自私的人莫过于溜溜拍马，他可以猎取别人的劳动成果，踢掉比他有本事的人。

——谚语

有一只十分聪明的鹦鹉，很善于模仿人说话。不仅如此，它还会察言观色，说话因人而异，总是能够将你最想听、最喜欢听的话当面讲出来，使你十分高兴。比如，它见到男人就说祝你升官；见到女人，就说你长得真漂亮。大家都说它是一只善解人意的鹦鹉。由此，它深受主人的喜爱，屡屡得到奖赏。

主人是一个当官的。鹦鹉不知道什么是当官，但是它知道，当它向主人说“祝你升官”时，主人总是极为高兴，喜形于色。当鹦鹉对主人说“祝你健康”、“祝你发财”、“祝你愉快”等，主人却不太感兴趣。鹦鹉明白，升官一定是一件十分了不起的事情。它对于主人来讲是最为重要的了。

有一次，当鹦鹉对主人说“祝你升官”时，主人开怀大笑起来。只听主人说：“小宝贝，你怎么知道我升官了呢。真神了，现在就给你发奖。”

主人让仆人拿来鹦鹉最爱吃的一种食物。那食物是十分珍贵的，但是，主人总是在十分高兴的时候拿它做为奖赏给鹦鹉。

一天，主人家里来了一个客人。客人显然是主人的手下，他显得十分谦卑，对主人点头哈腰，满脸堆笑，一副低三下四的样子。鹦鹉心里明白，它肯定与主人有一样的爱好。于是，鹦鹉便对他说：“祝你升官。”

那个人十分高兴，他对鹦鹉一边点头一边说：“谢谢，谢谢。”他还对主人说：“这是一只吉祥的鹦鹉，它说的话一定会很灵的。”说着，那人递给主人一大包东西，看样子那东西十分珍贵。接着，那个人又对主人说：“这些东西是为了感谢这只鹦鹉的吉言，请您不要推辞。”主人说了一些客套话，欣然收下了那人的礼品。

鹦鹉知道，自己只不过说了一句好话而已，那人真正要感谢的是主人。

一天晚上，主人家又来了一位客人。与上一次来客不同的是，只见主人对这位客人点头哈腰，满脸堆笑，表现出低三下四的样子。鹦鹉知道，这个客人肯定是主人的上司。于是，它对那个人说：“祝你升官。”

那个人哈哈地大笑起来，它对主人说：“就凭你家的鹦鹉这么会说话，就说明你不是一个等闲之辈。”那人走时，主人给他带了一个小箱子。鹦鹉猜想，那个小箱子装的东西肯定是价值不菲的宝物。

不久，主人对鹦鹉说：“托你的吉言，我又一次升职了。你这个吉祥的小东西，即使给我一千两黄金也不能卖呀。”

有一天，鹦鹉发现主人哭丧着脸回到家里。鹦鹉知道主人心里不高兴。但是，它无论如何也猜不出主人遇到了什么事情。尽管如此，它还是决定用百用百灵的那句祝福词来为主人带来一份好心情。

然而，鹦鹉的话刚一出口，意外便发生了。只听主人恶狠狠地说：“我今天倒了霉，你竟然说风凉话，你这个该杀的东西。”说着，主人抓起鹦鹉，狠狠地将它摔在了地上，接着又猛踩了两脚。

可怜的鹦鹉死了，它至死也没有明白，主人已经被撤职了，在这时候，它应该选择沉默才是。

可惜，它失算了。

不能奔跑了，那就坐上轮椅飞翔

▶ 文 / 小鹤

不管发生什么事，都请安静且愉快地接受人生，勇敢地、大胆地，而且永远地微笑着。

——卢森堡

10 年前，在山西太原市的一所小学里有一位名叫陈思的小姑娘，酷爱跑步运动，只有 12 岁的她，却早已经为学校争回无数跑步比赛的荣誉，做一位长跑女运动员成了陈思最大的理想！

命运似乎总爱和有理想的人开玩笑：在一次放学途中，一场车祸永远地夺去了她的双腿，陈思的跑步梦彻底地破碎了！

原来活泼开朗的陈思一下子变得沉默寡言，看着同学们尽情地奔跳玩耍，她那幼小的心灵就有一种说不出的痛。在长期的孤独和自卑中，陈思读完了高中，同学们都找到了合适的工作，而她却数十次求职都被拒之门外。陈思失落和无助地把自己关在房间里，甚至渐渐丧失了继续活下去的勇气！有一次，她在自己的手腕上连割了三刀，幸亏被家人及时发现送往医院，才从死神手里捡回了一条命。从病床上苏醒过来后，母女俩相拥大哭。

后来，太原残联的一位领导来看她，并开着车带陈思出门散心。那次，陈思见到了许多残疾朋友，他们都坐在轮椅上，有的能拉一手好提琴，有的能写一手好书法，甚至还有的在参加劳务加工！在和他们的交谈中，陈思的脸上浮现出了久违的微笑，她在心里暗暗想："我也一定能找到一件适合我做的事情！"

不久后的一次，陈思从网上看到一段美国残疾人表演"轮椅舞"的视频，轮椅舞是一种残疾人在健全舞伴的合作与辅佐下表演的舞蹈，兴起于20世纪60年代的英国，后来被国际残奥委确定为残疾人运动项目，这项舞蹈虽然在欧洲、美洲以及亚洲的韩国和日本已经非常风行，但在中国却还是一个新名词。看着视频里优美的舞姿，陈思心里一阵激动：既然我不能奔跑，那为什么不坐上轮椅跳舞？

就这样，陈思悄悄地跟着视频学起了轮椅舞，虽然没有舞伴，但许多可以独立完成的动作还是让她练得有模有样，还经常参加省、市各级残疾人活动，生活慢慢变得丰富起来。

2008年12月，一个意外的消息使陈思真正与舞蹈结下了不解之缘——中国残疾人奥林匹克运动管理中心要来山西省招轮椅舞运动员。残联将陈思报送了上去，到北京参加全国轮椅舞蹈集训选拔，陈思兴奋地大叫了起来。

陈思在北京只参加了为期三天的舞蹈培训，就以优异的成绩获得了参赛资格，然而开赛在即，她却连自己的舞伴也没有。回到家后的陈思只有干着急，这时，一位名叫孙昊的人走进了陈思的世界，他是一位已经有

15 年拉丁舞蹈经验的小伙子。他无意中听说了陈思的事情，于是决心要帮助这位坚强而且有理想有追求的女孩实现梦想。

训练很快开始！陈思每天坚持练十个多小时。因为陈思经常要在瞬间抓住高速旋转的轮子，她的双手被划得伤痕累累，长满血泡。有一次，孙昊拉着陈思做旋转四周的动作，由于力度没有把握好，竟将陈思连人带轮椅一起甩了出去，然而，被摔得眼冒金星的陈思，竟面带微笑地安慰他说："没关系，这点疼算什么呀！"陈思练得浑身是伤，但却从来没有因此而想过放弃，她咬牙坚持着。也正是这种刻苦训练，陈思的舞技得到了飞速的提高！

2009 年 3 月 20 日，国际轮椅舞蹈公开赛在北京开赛，陈思和舞伴孙昊配合默契，以优美的动作，高难度的飞旋技压群雄，获得了第三名。比分出来后，首次参与国际大赛的中国队沸腾了，这个成绩一举填补了我国在轮椅舞蹈领域的空白！初战告捷，陈思在短暂的喜悦之后，立即又更努力地投入到舞蹈训练中！

天道酬勤！前不久，陈思又接到了在日本举行的国际轮椅舞大赛的邀请，陈思挂掉电话后激动得连话都说不出来。她的舞伴孙昊得知后，当即拍着胸脯表示无论如何也要陪她参加这次比赛！接下来的日子里，陈思恨不能马上赶到比赛的日本，但是繁琐的出国手续直到开赛前的两天才批下来，匆匆赶到日本，连集训的时间都没有就开赛了。所以比赛时陈思心里有些紧张，生怕和舞伴配合不够默契。这次国际比赛分初赛、复活和决赛，虽然没有经过集训，但扎实的功底还是让他们在初赛中就拿到了第二名，直接进了决赛。决赛结束后，陈思和孙昊在舞台上焦急地等待着比赛结果。这时，一名日本工作人员走过来对陈思说了一串儿日语，这让陈思听得一头雾水，一旁的香港选手却兴奋地拍拍陈思的肩膀，为他们翻译说，“你们得第一名了，一会儿颁完奖，主办方希望你们能上去展演一下。”

不久，主办方宣布比赛结果，果然是陈思和孙昊得了第一名，中华人民共和国国歌声中，两人激动得相拥而泣。领奖之后，陈思和舞伴就上去单独展演，这让陈思觉得无比自豪，音乐声再次响起，陈思在轮椅上跳起优美的舞蹈，那种美妙的感觉，让陈思觉得自己就像是一只大鸟，正在蔚蓝的天空上自由飞翔。当展演结束时，她已经泪流满面……

载誉归来的陈思并没有因此而满足，她又有了更新的梦想：希望将来自己能做一名轮椅舞教练，让更多的残疾朋友能和她一样，在轮椅上舞出精彩的人生！

李渔维权的另类智慧

▶ 文 / 陈之杂

智者从他的敌人那儿学到知识。

——阿里斯托芬

李渔是我国明末清初时期的大文学家和戏曲家，生平写了许多著作，可有很多书在刚一推向市场的时候，就被大量无良书商们疯狂盗印，所以李渔的书尽管很受欢迎，但他自己却总是没能从中获得多少利益。

顺治八年的时候，暂居于南京的李渔完成了第一部传奇大集《怜香伴》，根据以往的经验，李渔断定这本书一旦付梓上市，立刻会引来无数非法书商的猖獗盗版，到时候自己呕心沥血多年熬出来的成果，又只能是在为他人作嫁衣裳！虽说遭盗印后可以状告那些无良书商，但那样子毕竟是意味自己已经遭受损害，而且盗版商远不止一两家，要一家家地找出来对簿公堂，既费时又费力，这对于惜时如金的李渔来说，是极不愿意看到的事情！怎么样才能避免这种事情发生呢？李渔坐在房间里，整整想了一个晚上。

第二天早上，李渔挥笔写了一份诉状，并且装束一新地对家人众仆说要到南京府衙去告状，家人忙问他发生了什么事，去告什么状，李渔回答说："昨日我有一批新书从兰溪老家运往南京，不料刚一进入南京地界就被强盗劫去了，这种事情我又岂能不去衙门报案？"

家人众仆人一听，可吓坏了，这哪儿跟哪儿啊？在房间里坐了一个通宵想法子，该不会脑筋用过头想傻了吧？先别说自家老爷子在这一年里根本就没有回过兰溪了，就连书稿也是刚刚在几天前才整理好的，啥时候印刷过了？

李渔可不管他们怎么想，三步并成两步走，匆匆地来到了南京府衙，把刚才对家人们说的那番话，重新对南京的知府大人细述了一遍，然后他接着说："大人啊，遭劫这批书是我第一次印刷出来，尚未在市场上流通，所以，如果有谁在哪里卖我的那些书，谁就是强盗，最起码也是跟强盗有关！"

知府大人也是一个爱读书的文化人，并且疾恶如仇，更何况他也久仰李渔的名声，读过不少李渔的著作！现在李渔报案说他的书被抢，当然非常重视，于是赶紧立案，天天派出大批衙丁到市场上去查找，看有谁在那里卖《怜香伴》。

与此同时，李渔开始正式印刷这本书，正规书商们当然更不会错过这么好的机会，纷纷前来批发取货，投放到市场上后，立刻备受南京百姓们的疯抢。李渔把这些正规书商统一作了登记，然后把名单交给南京府衙，告诉他们这些是正规书商，以免衙门误抓他们。

这样一来，就形成了一个很有趣的局面：一边是衙门在市场上到处查找有没有人卖那些被抢的书，一边是正规书商们不断从李渔手上拿书投向市场。而那些平时靠印刷盗版书吃饭的无良书商呢？看到市场上风声这么紧，哪还敢再盗印李渔的书啊？做不成生意是小事，被当成强盗或者强盗的合伙人给抓起来，那就可怕了！

在随后的数年里面，李渔的《怜香伴》都一直没人敢盗版，李渔用他独特而另类的智慧，让自己多年的心血避免了遭盗版的侵害！

将军的银币

文 / 陈之杂

伟大人物最明显的标志，就是坚强的意志。

——英国谚语

将军率领着一支只有三千人的军队赶往西北疆。

将军的马鞍一侧，挂着一只钱袋，没人知道将军带着这些钱去战场有什么用。

这个国家已经实在调遣不出更多的兵力了，它的东界和南界都有外敌侵入，国王几乎把所有的兵力都派到了那两个战场。

几天前，西北疆又来了一支外敌，并且很快占领了一座小城池。

如果让他们顺势而入，国家很快将要灭亡！国王在无奈之下，只能派出这支只有三千人的皇宫护卫军，让他们前去收复那座沦陷的城池。

国王知道，眼下的战役都是双方的最后一搏，只要能挺过这一关，敌军就再也没有攻击能力。只要敌军一退兵，就意味着自己国家取得了最后的胜利。

国王也知道，那座沦陷的小城，驻守着一支足有三万将士的敌军。派一支只有三千人的军队去收复，如同是让他们去送死。只是，即便他们不出发，一旦敌军攻入，他们的结局一样是死！

与其等死，不如抗争。哪怕是送死一般的抗争！

翻过无数座山，蹚过无数条河。一天傍晚，他们经过一座基督教堂，再往前走 50 英里，就是那座沦陷的小城了。

将军下令在教堂前停下休息，养精蓄锐。

“你们有取胜的信心吗？”将军站在教堂前问士兵们。

没有人回答。

确实！一支只有三千名士兵的军队，要去一支相当于自己十倍兵力的军队手中收复城池，谁也没有足够的取胜信心。

“如果没有信心，那我们解散军队，大家各自逃生去吧！”将军说。

“不！身为士兵，我们就是死也要死在战场上！”一听说要做逃兵，士兵们纷纷站起来，慷慨地说。

“既然这是一场不可避免的战争，既然我们谁也没有取胜的信心，那就请上帝来告诉我们答案吧！”将军从马鞍上取下那只钱袋，他从里面掏出一把白灿灿的银币，然后在胸口划了一个十字，大声而虔诚地喊：“如果我们能够取胜，那就让这所有的银币都正面朝上吧！”

将军将手中的硬币一把抛向了空中。

这一把银币最起码有 50 多个，落下来后，它们根本不可能全都正面朝上。虽然士兵们这样想着，但随着银币“咣”地一声落地，他们还是不约而同地向地上投去了企盼的目光……

“天哪！上帝说我们将赢得这场战争！”将军和所有的士兵们一起，兴奋得跳了起来！是的，怎能不兴奋？地上的每一个银币，都是正面朝上。正面，铸有国王的头像！

如果扔出的是一个硬币，你可以说是碰巧；如果扔出的是两个银币，你可以说是运气；如果扔出的是三个银币，你可以说是运气特别好。但是，扔出的50多个银币！这50多个银币全部正面朝上，除了是上帝的旨意外，还有别的可能吗？

“我的士兵们，擦亮兵器，迎接那场即将给我们带来胜利的战争，收复我们的国土吧！”将军大声地喊！

士兵们都满脸希望地开始擦拭兵器，而将军则把地上的银币捡起来，装进他的钱袋……

次日凌晨，在一声冲锋号角中，他们冲向了那座被三万敌军驻守着的小城。战斗开始了，他们没人去想双方的兵力有多悬殊，没人去想会不会战亡于此，他们只知道，上帝认为他们最终将赢得这场战争！

经过一天一夜的顽强奋战，敌军死伤无数。敌兵们似乎从来没有碰见过如此英勇的军队，最后剩下的一些残兵败将，只能落荒地弃城而逃。

他们果然赢得了战争，顺利收复了沦陷的国土！尽管这支三千名将士的军队，现在也只剩下了不到一千人。

士兵们忽然想起来，他们已经有小半天没有看见将军了。他们到处寻找，最终在一个遍布尸首的小巷里找到了将军，看得出来，这里曾经发生过一场残酷的厮杀，将军和他的马一起倒在血泊中。

一边的地上，掉着一只钱袋。袋口已经松开，但很显然，士兵们并没有发现这一点。

“这是将军的遗物，我们要把它带回去！”一位士兵说。他弯下腰去拾起那只钱袋，就在这一瞬间，里面的银币“晃啷啷”地滚落了一地。

士兵们纷纷弯腰去捡，但是，每一个捡起银币的士兵都愣住了。他们到这时才发现，那些银币根本没有反面，他们的两面都是正面——铸着国王头像的图案！

让锤子更沉，羽绒更轻

文／陈之杂

治国之有法，犹治病之有方也，病变则方亦变。

——康有为

彼得·杜拉克是美国20世纪最为著名的管理学家之一，被人誉为“现代管理学之父”，让人难以置信的是，年轻时期的杜拉克也曾是一位“用人盲”！

1938年，年轻的杜拉克在纽约创办了一家自己的小公司，他与所有的老板一样，为公司的每一个岗位都安排了一位员工。杜拉克喜欢在公司里到处走走，便于掌握更多的公司状况。那天，他巡视到销售部，看见一位营销员正在和一位顾客沟通，那位营销员的表达能力非常有问题，说话的速度过快，而且还经常词不达意，推销了半天那位顾客还是离开了商店。

这位营销员无聊地回到了工作台，检查自己的销售账单，杜拉克发现他的推销技巧虽然不高，但是记账却是非常仔细认真，杜拉克对他说："如果你能把自己的表达能力也提升到和记账能力一样优秀，那你一定会成为一位出色的营销员！"几分钟后，杜拉克又在车间看到主任正在训斥一位生产员工，因为那位员工虽然平时眼尖心细，说起话来头头是道，但是动手能力却非常弱，所以他尽管能看出产品上的任何一点瑕疵，但自己却加工不出完美的产品，杜拉克了解到这些情况后对那位员工说："你的动手能力确实有些不足，如果你能努力改变这一点，我相信你将是一位优秀的员工！"

杜拉克本以为这样的鼓励一定能使他们改掉自己的不足和缺点，然而让他没想到的是，一直过了两个月还是一切照旧，虽然他们都很努力地改变着自己，但收效甚微，那两位员工还被这种压力折磨得痛苦万分，甚至给杜拉克递交了辞职信！

"难道他们真的无法改掉自己的不足，无法提升自己？"杜拉克迟疑了。

有一天，杜拉克去郊外的一个小镇上探望友人，在那里他看见一位老妇人正在晒羽绒，杜拉克不解地问："我并不觉得这些羽绒被水淋过，为什么还要晒呢？"老妇人说："羽绒晒一晒会变得更松更轻，那样做出来的被子或衣服会更暖更轻！"没走多少路，他又看到一家打铁铺，打铁匠正在打一把大锤子，杜拉克心里说，锤子确实要不断地打，才会更沉、更坚实！

在那一刹那，杜拉克忽然有所顿悟，世间万物的优点弱点本无统一标准，根据优点来物尽其用才是最完美的部署：用羽绒做敲敲打打的工具，它的致命弱点就是太轻，而如果用来做衣服被褥，它的弱点则成为无与伦比的优点，甚至是越轻越好；如果用铁来做衣服，它的致命弱点就是"硬和沉”，但用它来做锤子，它的缺点很快就成了不可替代的优点，甚至是越沉越好，越硬越好！

这时，杜拉克猛然想起了自己公司里的员工，他不禁用力拍了一下自己的脑袋，自责地叹了一句：“我为什么不能让锤子更沉，让羽绒更轻呢？”

当天回到公司后，杜拉克很快作出了一个决定：把那位说话太快但记账又仔细又清楚的营销员调到财务部，把那位眼尖心细但动手能力却很差的车间员工调到质检部！仅仅是这样一调换，奇迹发生了，那两位员工在新岗位上工作得非常顺利和快乐，并且都从杜拉克那里取回了各自的辞职书！

从此以后，杜拉克再也不强硬要求员工努力改变自己的不足了，而是努力发现员工们的优点，并且根据他们不同的优点分配不同的工作，让他们把自身的优点发挥到最大，就在这种“让锤子更沉，让羽绒更轻”的用人理念中，杜拉克的公司发展得越来越好，最重要的是使每一位员工都工作得非常快乐和富有成效。

杜拉克曾在1954年出版过一本《管理实践》的书，那里面写有这么一句话：“用人不在于如何减少人的短处，而在于如何发挥人的长处！”

复制每一颗钉子的才能

▶ 文 / 李可

充满着欢乐与斗争精神的人们，永远带着欢乐，欢迎雷霆与阳光。

——赫胥黎

“做一颗不可替代的钉子”这句励志语在如今的职场中备受推崇，确实，只有“不可替代”才能受到团队的依赖，才能把某一份竞争激烈的好工作捧成一个“铁饭碗”，不受威胁，对于任何一位员工来说，这都是一个值得不懈努力的目标。

但是，假如你是这个团队领袖呢？你会鼓励员工们“做一颗不可替代的钉子”吗？你会因为团队里有几颗“不可替代的钉子”而欣喜甚至是骄傲吗？你要知道，无论是哪颗钉子，都随时可能会遗失或是生锈，不管是主观还是客观，都随时有可能不再为你的团队效力，到那时你的团队又该怎么办呢？

美国海军“唐格号”的命运或许能引起你的某些警醒与反思：“唐格号”上有一位名叫史密斯的士兵，他是一位鱼雷发射精英，被将士们誉为是“唐格号的灵魂”，1944 年 10 月 24 日晚，“唐格号”循例出海巡察，但史密斯在那晚因为发高烧而没有登上潜艇，结果“唐格号”在远海发现一艘日本海军侦察舰进入了自己的海域，艇长果断下令用鱼雷攻击敌舰，因为史密斯不在船上，艇长就随意叫了几个“懂的人”去发射，这些将士虽然“懂”，却并不熟练，结果因为操作问题而引起了鱼雷发射方向机械系统的失灵，导致发射出去的鱼雷突然来了个 180 度大回转，不偏不倚地击中了自己的潜艇，使“唐格号”潜艇和大多数将士葬身海底，为二战中的美国海军画上了失败的一笔。

对于史密斯来说，他确实是一颗“不可替代的钉子”，但对于整艘潜艇来说，这颗“不可替代的钉子”却又是引发惨剧的客观原因之一，试想，如果艇长在此之前就已经把史密斯的才能完全地复制给了每一位将士，这次的惨剧还会发生吗？

所以，如果你是一位团队领袖，一定要努力把那颗“不可替代的钉子”的才能，复制给团队里其他的钉子，让每一颗钉子都拥有任何一颗钉子的才能，可以代替任何一颗钉子！但是，这样做又无疑会威胁到那颗“被复制的钉子”在团队中的地位，他又怎么会同意呢？美国星巴克连锁咖啡创始人霍华德·舒尔茨的做法或许能给你某些启示。

首先，霍华德·舒尔茨本身就是一颗“被复制的钉子”，1971 年，他研发出一种咖啡熬制方法，创办公司后他所做的第一件事就是把自己的技能广泛复制给他的每一位员工，同时，只要发现一个员工某些方面有特长，无论这项技能的使用机率有多高，只要是对公司有益，霍华德·舒尔茨都会努力把这项技能从这位员工身上复制给其他员工，而且霍华德·舒尔茨不会让那些被复制者有危机感，因为任何对复制独特才能有贡献的员工，霍华德·舒尔茨都会用数量颇丰的公司股份给予奖励，让被复制者深切地感受到“把才能复制给其他员工是对自己有利”，而这种奖励也更是刺激了员工们主动把才能奉献出来的积极性，正因如此，人们才能在全球各地 12000 家星巴克分店吃到口味完全一致的咖啡。

可以毫不夸张地说，霍华德·舒尔茨之所以能够成功开拓世界上最大的咖啡帝国，靠的就是“复制”两个字——把每一颗钉子的每一项才能都在自己的团队里复制开来。

一颗“不可替代的钉子”确实是一颗好钉子，但它同时也是一颗随时会炸毁自己的“鱼雷”，作为一位团队领袖，你要考虑的不是如何鞭策员工们去做“一颗不可替代的钉子”，而是要把每一颗“不可替代的钉子”的才能都复制开来，只要处理得当，这种复制不仅有益于团队里的每一颗钉子，而且还有益于“被复制的那颗钉子”，他甚至会因为这种复制而更乐意长期效忠于团队，这样一来，真正受益的还是你的团队！

萨克德大街 21 号

▶ 文 / 李可

爱，可以创造奇迹，被摧毁的爱，一旦重新修建好，就比原来更宏伟、更美、更顽强。

——莎士比亚

一

卡尔是在一个星期以后意识到，那个名叫莱恩·安东尼的拾荒老人，就是同学安东尼的祖父。

那天一早，卡尔一走进学校，安东尼就跑过来问他："卡尔，你认识萨克德大街 21 号的户主吗？"卡尔的心里一阵紧张，但很快又佯装镇定地说："我并不认识，你有什么事吗？"

"嗯……也没有什么大不了的事情！"安东尼似有顾虑，说了声谢谢就走开了。

其实，卡尔知道安东尼要找“萨克德大街 21 号的户主”究竟是什么事，他是要帮祖父寻找那个丢失的钱包，而那个钱包，是在一个星期前被他的祖父，也就是那个名叫莱恩·安东尼的拾荒老人，遗落在了“萨克德大街 21 号”那座房子里。

卡尔之所以知道这些事，是因为他就是萨克德大街 21 号的户主，而那个钱包正是他捡到的。

事情要从头说起：50 多年前，卡尔的祖母年轻时是一位非常有名的电影明星，后来她与一位贫穷的画家相爱，两个人就从加利福尼亚州来到了这座小城，并且买下了“萨克德大街 21 号”这座房子，但祖母的父亲很快找到这里，他粗暴地赶走了那位画家，然后把祖母带回去，嫁给了一位加利福尼亚州的商人，而那位商人就是卡尔的祖父。

祖母结婚后就退出影坛，不幸的是在几年后，祖父的生意破产了，祖父承受不住这种打击，生了一场大病后就离开了人世。卡尔家从此家道中落，过着贫穷的日子。不久前，祖母在去世前拿出一张房产证，告诉他们这里还有一幢房子，让卡尔跟着父亲住到这里来。

二

就这样，卡尔和他的父亲来到这座小城，并且进入了当地的一所中学里读书。因为这座房子已经空置了 50 多年，必须要先打扫卫生以后再通几天风才能居住，所以卡尔和父亲只能暂时居住在一家小旅馆里，然后每天抽空去清扫卫生。

那天，卡尔和父亲从房子里清理出了许多废旧的家具和一些乱七八糟的纸箱、废纸，刚好这时有一位拾荒老人从这里经过，卡尔的父亲就让那个老人进来帮忙清扫地面，然后那些废纸和纸箱就送给他当作回报。

老人打扫结束，收拾起东西就走了。等老人离开后，卡尔在一个房间里发现了一个钱包，里面一共有 500 美元和一张买卖合同类的纸，上面写着各类废旧物的贩卖价，而最下面则签着一个名字：莱恩·安东尼！

卡尔想要把钱包还给安东尼老先生，但父亲说现在正是需要用钱的时候，不如先放着用，大不了等他以后找到工作了再把钱还给他。卡尔听爸爸这样说，也就心软了。

第二天，卡尔和父亲又在房子里面打扫卫生时，门铃响了，卡尔从猫眼里看出去，正是那位丢钱的安东尼老先生，卡尔的父亲连忙暗示他别作声，就当屋里没人。卡尔心里有些不忍，但还是听了父亲的话。果然，老人按了几次门铃后就离开了。

此后一个星期，卡尔和父亲都没有再去过那座房子，而父亲也在附近的一家工厂里找到了一份工作。虽然卡尔不知道那位老人有没有再去敲过门，但他可以确定的是，他仍在努力寻找自己的钱包，甚至还动员了孙子安东尼到学校里打听消息！

非常遗憾，没有一个人能为他们提供线索。其实不难理解，萨克德大街 21 号这幢房子，都已经有 50 多年没有人住过了！卡尔心里又内疚又胆怯，他始终没有对安东尼说出实情，因为那些钱已经被他们父子俩花掉了一半，他更加不好意思开口了！

三

转眼一个月过去了，卡尔的父亲领到了来这里后的第一份薪水！在工厂门口，卡尔见到父亲后的第一句话就是把钱还给安东尼老先生，但是父亲有些不舍，支支吾吾地说先吃了晚饭再说。

他们走在马路上的时候，卡尔忽然看见前面有两个熟悉的身影——同学安东尼和他的祖父安东尼老先生！更让人吃惊的是，安东尼老先生的手上还拿着一张卷起的白纸。

“前面就是警察局，难道他们画出了我的人像，想要报警逮捕我？”卡尔的父亲吓坏了，他自责地对卡尔说，“看来我的确是做错了，我早就应该听你的话！”父亲说完，拉着卡尔的手急急忙忙跑到安东尼祖孙俩的面前，拿出500美元递给安东尼老先生说：“安东尼先生，真对不起，我就是萨克德大街21号的户主，是我捡了你的钱包，我现在就把500美元还给你，你不要报警逮捕我！”

安东尼老先生似乎完全没有听懂卡尔的父亲在说些什么，说：“我为什么要逮捕你？我现在只想知道，你究竟是不是萨克德大街21号的户主？”

“是的！我和父亲都是萨克德大街21号的户主，而你的钱包也是掉在我们的房子里！”接下来，卡尔把自己和这座房子的来龙去脉都说了一遍。

当安东尼听完这一切后，如释重负地叹了一句“我终于找到你们了”，然后他挥了挥手中的卷纸说，“它也终于可以完璧归赵了！”

“完璧归赵？”卡尔和父亲都糊涂了……

四

安东尼老先生手中拿着的是一幅人像，但不是卡尔的父亲，而是卡尔的祖母——电影女明星玛尔特·卡尔年轻时代的油画像！

原来，那天安东尼老先生帮卡尔打扫房子后，确实发现钱包掉了，但是并不能确认掉在哪儿，这是小事情，重要的事情是，当他第二天准备把那些废纸箱整理起来卖钱的时候，却发现那里面有一幅油画作品。安东尼虽然是一个拾荒汉，但还是隐隐觉得这是一幅珍贵的画作，于是再次回到萨克德大街 21 号，想归还画作，然而卡尔父子却在里面假装不在。

安东尼老先生为了证实这幅作品的价值，就送到了一个艺术品鉴定中心进行鉴定，没想到，这竟然是一幅出自美国著名画家博尔迪尼早前的珍贵油画作品，而年轻时代的博尔迪尼，正是卡尔的祖母玛尔特·卡尔的恋人。至于这幅画的价值，则在 80 万美元左右！

安东尼老先生得知这些后，更是急着想找到萨克德大街 21 号的户主，归还油画，但卡尔父子却远远地避开了！听完这些后，卡尔的父亲满脸羞愧，他红着脸尴尬地说："如果我刚才不是以为你是去报警逮捕我的，我真的无法确定会不会那么及时把你的钱包归给你！"

"那岂不是更好，我用 500 美元换到了 80 万美元！"安东尼老先生说着，四个人全都开心地笑了！

半个月以后，那幅油画出现在了美国国家收藏馆里，至于萨克德大街 21 号这座房子，则成了一家废旧物品回收中心，而老板，就是卡尔的父亲和安东尼老先生……

如果孟母生活在当下

▶ 文 / 李可

孩子是要别人教的，毛病是要别人医的，即使自己是教员或医生。但做人处事的法子，却恐怕要自己斟酌，许多人开来的良方，往往不过是废纸。

——鲁迅

孟子小时候很贪玩，模仿性很强，他家原来住在坟场附近，所以孟子常常玩筑坟墓或学别人哭拜，孟母觉得这样不好，就搬地方住到了一个集市里，孟子在集市里又模仿别人杀猪宰羊，不做正经事，孟母认为这样也不好，就又换了一个新地方居住，把家搬到学堂旁边，孟子这才开始跟着老师们学习礼节和知识。就这样，孟母晚上在家织布，白天上街贩卖，终于把孟子培养成了一个伟大的儒家宗师，这就是历史上著名的“孟母三迁”。

孟子成才，固然是他努力的结果，但是从根本上来说，还是孟母三迁的功劳，没这三迁，恐怕孟子再是一个怎么努力的人，所努力的事情恐怕也只是学哭拜、学杀猪甚至是流氓打混，走正了，顶多也就是一个衣食无忧的丧葬汉或者屠夫，走歪了，则很有可能是一个地痞流氓，为祸乡邻。

既然是孟母三迁对孟子成才起到了至关重要的作用，那么假设孟母生活在当代，又将是一副什么情景呢？首先，孟母来到一个新地方，不管是买还是租，总得先找个房子住下吧，可是孟母是个什么身份？她不是公司高管、不是企业家、更不是公务员，说得好听一点是个待业者或者自由职业者，说得难听一点是个地摊贩，而且还不是那种批货销售的地摊贩，是自己加工自己销售的地摊贩，好比是一个缝鞋垫的老婆婆，靠自己缝制鞋垫上街卖，能有多少效率能有多少收益，可想而知了。

所以，仅仅是当下这房价，无论是买还是租，孟母都是难以承受的，更别说三迁了，简直是举步维艰啊，一迁都迁不了，那孟子还读什么书，就待在坟场跟人学哭拜吧！好吧，即便是孟母勒紧裤腰带，租到了一个超级便宜的房子住下了，但肯定住不安稳，为啥？你看如今国内许多城市，都竞相开始了驱逐弱势群体，一旦要办点什么事情，动不动就给一些混得不太好的人扣上一个“治安高危人员”的帽子，然后排查清理出所在的城市，像孟母这样的低等贱民，我看她是肯定会在第一时间被列入高危人员，然后首批被驱逐出城市的，孟子哪还能进学校学习礼节和知识？

就算孟母又侥幸留了下来，总得要让孟子进学校吧？孟子能上的似乎也只有民工小学，可你看看如今的民工小学在各地又是一番什么情形？旁的就不说了，就拿咱的首都北京来说吧，前不久一拆就是30多座民工小学，却援助非洲建造了千所希望小学，你总不能指望让孟母迁到非洲去上学吧？谁给签证？谁给路费？到了那边谁给生活费？罢，去不了非洲，那就回到那个坟场边的老家吧！

一个城市当然不可能全是民工小学或者希望小学，当然还有别的小学存在，继续往好里想，孟子还是有机会上学的，但孟母既然是“迁”来的人，不管迁到哪儿都不是当地人，对吧？这问题可就更大了，孟母接着要面对的就是各种择校费、借读费，少则三五万、多则十几万，这笔钱，我看孟母也只能是望洋兴叹了。

虽说现在政策不允许学校收什么择校费借读费了，但是中国人历来不缺少智慧，特别是那些搞教育工作的智者们，他们上有政策、下有对策，择校费和借读费是没了，但钱还是照收不误的。收钱就得开发票不是？只不过这个发票上不再是“择校费”或者“借读费”了，而是“赞助费”。

两者性质上都是交钱，但本质上却截然不同，前者是“不得不交”，后者是“主动赞助”，大部分交借读费的都是买不起房子、搞不定户口的弱势群体吧，他们有啥闲钱“主动赞助”学校？这种看似巧立名目、实则漏洞百出的“主动赞助”发票，鬼才信！不过，至于你信不信，反正是有人信的，至少制定严格规定禁止收取“择校费”“借读费”的教育局应该是信的，否则学校所开出的那种发票如何能通得过审核？家长们没有办法啊，为了自己的“小孟子”有书可读，只能忍气吞声承认“主动”，难哪，违心哪！

说来说去，孟母好就好在生活在古代，生活在古代她才能带着孟子三迁，让孟子成才，如果孟母生活在当代，她又能迁到哪儿去呢？她又如何指望小孟子能够成才呢？真替孟母庆幸，庆幸之余，我又想，当下有没有因为无法跟着母亲“三迁”而只能在家乡学哭拜、学屠猪的“小孟子”呢？

熊掌与命运

文／丁沈

生命靠许多分歧的问题维持下去，这些问题不能不“与生俱存”，只有在死亡中才得以解决。

——舒美赫

森林中生存着黑熊家族。黑熊家族成员常常被人猎杀。黑熊被猎杀的主要原因是人们太爱吃熊掌了。

黑熊家族由于成员被滥杀而走向了衰落。就在这节骨眼上，黑熊的家族中出了一名智慧熊。它会思维、会判断、会想办法。经智慧熊考察研究认为，熊掌是招致灾祸的主要原因。因此，必须在熊掌上找到解决问题、消除灾祸的办法。智慧熊经过一年的研究探索，终于有了办法。它认为，只要找到一种带有毒素的草，吃了这神草其毒素能够沉积到熊掌之上，那么人们发现熊掌有毒，便不再打熊的主意了。这样，熊的家族就安全多了。

又经过两年的千辛万苦的摸索，智慧熊终于找到了具有这种神奇作用的草，取名七叶草。智慧熊自己亲自吃下这种草进行试验，三天以后，智慧熊的熊掌便长出了豆大的小疙瘩。它将小疙瘩抓下来喂老鼠，老鼠不一会儿便一命呜呼了。看来这熊掌上沉积的毒素毒性是很大的。

试验成功以后，智慧熊建议大家都吃这种七叶草，以便使熊掌都带有毒性，对付人类的贪婪。

智慧熊还决意自己献身保卫熊家族。它决定去送死，以便让人们知道熊掌有毒。

这一天，它大摇大摆地走出森林，来到猎人居住的地方。可猎人们并不理睬它，一位猎人说：问问谁家养的熊跑出来了，快带回去关起来，别跑丢了。

智慧熊心想，这些猎人真有趣，把自己当成有主的熊了，于是它心生一计，扑向了猎人养的马。

猎人开枪了，智慧熊倒下了。按惯例，猎人把熊掌砍了下来做熟，请了几位好朋友来共享。刚吃过熊掌不久，几个人便都嚷着说肚子痛，接着上吐下泻，经过几天的抢救，几个人才保住了性命。从此，有关黑熊熊掌有毒的消息不胫而走，越传越远，人们开始害怕吃黑熊的熊掌了。于是，人们猎杀黑熊的兴趣大大下降，黑熊的家族又渐渐兴旺发达起来。

黑熊家族把智慧熊的白骨收集起来，建立了智慧熊之墓，墓前时时有熊祭拜，香火不断。熊们说，智慧熊用一熊死换来万熊活，它是英雄、是烈士，是熊类的骄傲，智慧熊被奉之为熊圣。

过了几年，人类又开始大规模地猎杀黑熊了，一大批黑熊死于非命。问题还是出在熊掌上。经过人类一些专家研究，发现黑熊的带有毒素的熊掌能够治疗人类的一种顽症，其原理是以毒攻毒，黑熊掌又成了无价之宝，人们趋之若鹜。

黑熊家族又陷入了一片恐慌之中，它们不知道自己的未来是什么。

猪的选择

文 / 丁沈

易得者易失。

——佚名

猪是造物主感到十分满意的作品。它很像马，拥有修长的腿，宽大的背，强壮的身躯。造物主对猪说："你到尘世以后，可以根据需要，找我修改你的身体，直到你满意为止。"

猪来到猎人的家，成为猎人的有力帮手。猎人经常骑着猪去打猎，它们配合得十分默契，每一次出猎都有不少的收获。猎人对猪的表现十分满意，常常奖赏它。

可是猪发现，打猎虽然很风光、很过瘾，但也十分危险。有一次，猎人骑着它打猎遇到了大象。大象发怒了，疯狂地向他们扑来。猎人骑着它慌忙地逃跑，险些被大象捉到。要知道，若被大象捉到，那就没命了。还有一次，猎人骑着它着过河，遇到了鳄鱼的偷袭。多亏它反应快，才逃过一劫。

它想，不是每次都这么幸运的。假如有一次失手，就会有生命危险。想到这，它决定找造物主修改自己。按着它的要求，造物主把它修长的四肢改成了短肢，将宽大平坦的后背改成了光溜溜的后背。

猎人发现猪变成了这个样子，心想，它一定是得了病。于是就让它待在家里，不再骑它去打猎。

猪过上了快乐无忧的生活。

猪身上有又密又细的绒毛。猎人很爱惜这些绒毛。它经常用剪子剪下一些绒毛做衣服。然而，令猪感到不舒服的是，当猎人剪它绒毛的时候，常常会伤到它的皮肉，有时流出了鲜血。它感到很别扭、很讨厌。

于是，它找到造物主，要求把自己又细又密的绒毛改成又粗又稀的绒毛。造物主按它的要求做了。

猎人发现，猪的绒毛变成了不可用的粗毛。他很生气。他想不出猪还有其他的用途。于是，他决定将猪杀掉吃肉。

猪得到了这个消息以后，找到造物主，要求修改自己。可是，造物主得知猪的经历之后，也很生气，不再答应它的要求。

从此之后，猪和它的后世子孙只能充当猎人的下酒菜了。

兔子的尾巴是怎样炼成的

▶ 文 / 戊阳

人们厌烦了寂静，就希望来一场暴风雨；厌烦了规规矩矩气度庄严地坐着，就希望闹出点乱子来。

——契诃夫

许久以来，兔子长着一只像长尾猴一样好看的尾巴。

兔子家族以拥有美丽的长尾巴而感到很自豪。它们认为，自己的尾巴是世界上最优秀、最有魅力、最有价值的尾巴。它们经常组织开展兔子尾巴选美大赛，获得冠军的兔子很快就成了兔子王国的明星。

不料，一件不幸的事情发生了。兔大王的尾巴在一次事故中折断了，只留下了短短的一截。兔大王感到很难堪，于是闭门不出，很少在大庭广众之下现身。兔子尾巴选美大赛也被停止。

这一天，兔大王找到它的心腹白兔子，说出了心中的烦恼。它觉得自己残废了，没有脸面见大家了。

白兔子说："兔大王，依我看短尾巴比长尾巴更美丽，而且更具有实用价值。短尾巴短小精悍，干净利落，没有拖泥带水的感觉。更重要的是，它在摆脱敌人追捕时更有优势。长尾巴在奔跑中不仅影响速度，而且很容易被敌人抓住。总之，短尾巴比长尾巴好百倍。"

兔大王一听，眼睛一亮，高兴地说："我知道你是替我着想。听你这么说，我就看到光明了。"

第二天，白兔子主动把自己的长尾巴割断了，剩下了短短的一截，同兔大王的一模一样。兔大王见状，十分感激白兔子的忠心和奉献，于是就提拔白兔子当了兔子王国的宰相。

白兔子想，以断掉自己的尾巴谋得宰相的职位，虽然代价不小，但确实值得。想想看，宰相一职能给自己以及子孙后代带来多少好处呀。

白兔子宰相上任以后，积极开展了"短尾巴工程"。它动用各种力量、利用各种手段、采取多种措施，大张旗鼓地宣传短尾巴的好处和优点。在它组织召开的一次专门的短尾巴高级研讨会上，大家围绕短尾巴展开了深入的讨论，许多兔专家、兔学者、兔艺术家、兔评论家都对短尾巴给予了高度评价。大家一致认为，短尾巴不但符合审美标准，而且是进化的必然结果，代表着正确和先进的进化方向，将来短尾巴必然取代长尾巴。

与此同时，白兔宰相在提拔使用兔官员时，只提拔短尾巴兔子，对长尾巴兔子一律拒之门外。于是，许多兔子主动剪掉了大半个尾巴。不久，大量的短尾巴兔子当上了兔官员。短尾巴兔官员在选拔下级官员时，也如法炮制。于是，在兔子王国中，兔官员几乎是清一色的短尾巴兔子。

白兔宰相还恢复了兔子尾巴选美大赛。它规定，凡是短尾巴兔子才有资格参加比赛。在大赛中，兔大王荣获了冠军，兔大王也由此恢复了往日的风采。

既然短尾巴兔子走运吃香，何乐而不为呢。于是，在兔子王国中，大家纷纷剪断了长尾巴，变成了短尾巴兔子。随着时间的推移，在越来越多的兔子看来，短尾巴兔子是正常的，而长尾巴兔子是另类，是不正常的。当然，也有一些长尾兔子很珍爱自己的长尾巴，它们不想当官，不想选美，就想留着长尾巴。可是，它们却受到了短尾巴兔官员刁难甚至剿杀。它们的日子越来越不好过。为了生存，它们在万般无奈之下，不得不顺从了潮流。

兔大王看到它的兔子王国中，几乎所有的兔子都变成了短尾巴兔子，感到十分高兴。它说白兔宰相是一个了不起的战略家和领导者，它给予了白兔宰相以重奖，白兔宰相更加风光了。

若干年后，兔大王和白兔宰相都死去了。可是，在兔子王国里，崇尚短尾巴的观念却顽固地保持下来。颇为神奇的是，如今已经没有兔子能够长出长尾巴了，它们成了天生的短尾巴兔子。

有意思的是：已经没有谁知道兔子短尾巴的由来。

黑猴子与白猴子

▶ 文 / 戊阳

霹雳虽然只击倒一人，但更多的人被吓得失魂落魄。

——奥维德

黑猴子与白猴子是好朋友。黑猴子有一个绝技：能够防住猎人的子弹。当它遇到猎人的时候，就会麻利地披上湿棉被，如果猎人向它开枪，湿棉被就会挡住子弹。于是，黑猴子就扬长而去，令猎人毫无办法。黑猴子痛恨猎人滥杀同族的猴子，所以它经常去猎人家里偷东西，以示抗议和报复。猎人很窝火，又拿它没有办法。

黑猴子每次去猎人家里偷东西，总是让它的朋友白猴子当助手。在去猎人家的路上，黑猴子让白猴子负责扛着湿棉被。待到了猎人家门口时，黑猴子就将湿棉被披在身上，防住猎人的子弹。如果不被猎人发现，那当然最好，如果被猎人发现，猎人会用他的双管猎枪向黑猴子射击。一枪没能奏效，于是就开第二枪，两声枪响过后，猎人的子弹便打光了。此时，白猴子麻利地跳入猎人的院子，帮黑猴子拿东西。猎人来不及再装子弹，只得眼睁睁地看着黑猴子和白猴子扛着东西扬长而去。

老猴王年纪已高。它告诉黑猴子和白猴子，它不久就要退位，希望它们中有一位能担当重任。至于选谁，它还要征求大家的意见。白猴子想，黑猴子能力和名气都比自己大，如果没有黑猴子，那王位肯定是自己的了。它清楚，黑猴子不怕猎人的枪弹，主要是依靠那个湿棉被，如果湿棉被出了问题，那么黑猴子就死定了。于是，它决定借刀杀猴。

这一天，它们又去猎人家里偷东西。当黑猴子披着湿棉被跳入猎人院子里的时候，它忽然觉得湿棉被有些异常。它仔细一瞧，惊异地发现，湿棉被上出现了许多大大小小的漏洞。它慌了，它刚想逃走，只听砰的一声枪响，猎人的子弹透过棉被的漏洞射入了它的胸膛。

黑猴子死了。

故事还没有结束，听到枪响之后，白猴子心想，这下子大功告成了。它十分得意，像平时一样，跳进了院子里，想扛一些东西走。可是，由于它过于兴奋，疏忽了重要的一点，那就是猎人只放了一枪，枪膛里还有一颗子弹没打呢。只听又一声枪响，白猴子猛地栽倒在地，一动也不动了。

狐狸逃债

▶ 文／戊阳

贪婪是许多祸事的原因。

——伊索

动物王国改革开放以后，狐狸连做梦都想发大财。狐狸整天像热锅上的蚂蚁，急得不得了。

有一天，狐狸听到一个传闻，说老鼠办了一个公司，借了很多债，最近携巨款潜逃了。

听了这则消息后，狐狸好像大脑忽然开了窍，高兴得跳了起来，嘴里不停地叨念着，发财的日子不远了。

于是，狐狸热火朝天地干了起来。没多久，狐狸就办了十多家企业，有养兔厂、养龟厂、饲料厂、美容院、洗浴中心等。企业办起来之后，狐狸大张旗鼓地进行宣传，很快狐狸成了远近闻名的企业家。狐狸经常出入动物银行、动物财政部门等，它大规模地举债。狐狸的事业越来越红火。

狐狸声称自己每年能赚钱上千万元，资产达亿元。

狐狸家产到底值多少钱，外债有多少，谁也搞不清，这些账只有狐狸自己清楚。

不过没有不透风的墙。据在狐狸公司打工的黄牛会计说，狐狸的企业每天都赔很多的钱。但人们对黄牛的说法持怀疑的态度，理由是狐狸既然赔钱，为什么还要大张旗鼓地干呢？像狐狸那种奸滑之徒，怎么会做赔本的买卖呢？人们认为狐狸决不会做赔本买卖的。

狐狸的买卖越做越大，而且成了企业明星。它先后被动物企业协会评为先进企业家、创业先驱、最有贡献的地球村村民，还被推选为动物代表大会的代表，动物议政委员会的委员，动物商会的会长等，风光极了。

有时，狐狸还向动物慈善机构捐款，并且建立了狐狸慈善基金。这样，狐狸又成为远近闻名的慈善家、道德家。

几年过后，狐狸的企业都因债主盈门而无法经营下去。有一天，动物们发现狐狸没有来公司上班，第二天、第三天还没有来。动物们便开始寻找狐狸的踪迹，可连个狐狸毛都没有找到。

后来动物们发现企业巨款也不见了，债主们迅速把狐狸的企业分割精光。它们发现，只是收回小头，大头在狐狸手中。动物银行、动物财政部门急忙去狐狸的公司讨债，但为时已晚。

虎大王的尊严

文 / 己上

虚伪的真诚，比魔鬼还可怕。

——印度

虎大王让大家为自己提意见。大家都知道，虎大王十分看重自己的尊严，大家都怕伤了它的面子，造成严重的后果。但是，虎大王一再保证会认真听取大家的意见，并要从善如流，用事实证明给大家看。它还当场写下了保证书。

看着虎大王诚恳的样子，大家觉得，也许担心是多余的。于是大家的胆子大了起来，纷纷给虎大王提意见。

山羊说："黑熊经常滥杀无辜。有一次，它将我的两个孩子吃掉了，至今我还悲痛不已。虎大王你占着大王的位置，却对其他动物的死活不管不问，这是不尽职的表现。"

虎大王说："这是我的失误。"它当即下令，将黑熊逮捕。不一会儿，黑熊便被五花大绑地送到了虎大王面前。经过审讯，黑熊承认了事实，被虎大王处死了。

黄牛说："狼占了我们的领地，如今它们已无家可归，到处流浪，你这个当大王的，难道没有看见吗？"

虎大王说："这是我的疏忽。"它让黄牛领着自己到牛的领地察看。它发现，狼果真侵占了黄牛的地盘。于是，它上前将灰狼的头领咬死了。它命令其余的狼，赶紧走开，其余的狼一见事情不妙，都争先恐后地逃跑了。

猎狗说："狐狸经常偷鸡吃。虎大王为什么能够容忍一个小偷胡作非为。"

虎大王说："狐狸当小偷的事情我是知道的，怪我执法不严。"于是，它下令将狐狸处以三年监禁。

大家都以虎大王为动物世界除害感到高兴，纷纷赞扬虎大王的功德。

可是意外发生了：虎大王将山羊、黄牛、猎狗也给处死了。

这个结果令大家丈二和尚摸不到头脑。

智者乌龟说："黑熊、灰狼、狐狸都是因为伤了虎大王的尊严，才被处死的。可是，山羊、黄牛、猎狗给虎大王提了那么尖锐的意见，不是也伤了虎大王的尊严了吗，落得如此下场没有什么奇怪的。"

黄牛当典型

文 / 己上

信用是难得失的，费十年功夫积累的信用，往往由于一时的言行而失掉。

——池田大作

黄牛由于埋头苦干成了先进典型。令黄牛没料到的是，这典型不是好当的。

黄牛成了典型后，便开始不停地接受各家媒体的采访，而且都是带着题目来的。《动物世界报》的题目是《动物的楷模老黄牛》，动物电视的题目是《黄牛风采》，动物广播电台的题目是《老黄牛的心声》，《动物生活报》的题目是《黄牛的爱情生活》，《动物明星报》的题目是《从平民到明星》，《动物体育报》的题目是《黄牛的耐力》，等等。

几家媒体采访过后，黄牛就像生了一场大病一样，头晕目眩、心慌气短、双腿发颤。黄牛对虎大王说："请您饶了我吧，我实在撑不住了，不接受采访行不行？”虎大王立即绷起了脸，严厉地说："黄牛，你可不能摆典型的架子，若造成不良影响，可要负责任。"黄牛一听，不敢作声了。

据说，还有几十家媒体要采访老黄牛。为了解决老黄牛不善言谈的问题，虎大王安排狐狸为黄牛的助手，有些问题可以由狐狸代黄牛回答。狐狸很能迎合媒体的意图，为黄牛编造了好多传奇故事，如黄牛走路时看书竟然撞在了大树上，黄牛身患重病还坚持干活，黄牛在河中救出一只兔子等。于是黄牛的事迹越来越离奇了。

黄牛成了典型，引起了众多动物的关注。大家越来越反感对黄牛的吹捧，于是便伺机找黄牛的麻烦。一次黄牛干活累了，便躺在地上休息。这时，猴子看见了，它对黄牛说：“报纸上说你一不怕苦、二不怕死，你怎么怕累了，竟然躺在地上休息，不怕累才叫典型呢。”说得黄牛心里很不是滋味。还有狐狸、野猪、黑狼等动物也不停地给黄牛提意见。为了防止动物们的非议，黄牛每天早早地起身，不停地干活，一直到日落西山，它再也不敢休息了。

过了两年，黄牛积劳成疾倒下了，再也没起来。

《动物世界报》、动物电视台、动物广播电台等媒体记者争先恐后地前来采访。于是关于黄牛累死在工作岗位上的消息铺天盖地传播开来。报道题目有：《黄牛永远活在我们心中》《黄牛永恒》《不死的黄牛》《伟大的黄牛》《黄牛颂》《黄牛赞歌》《黄牛魂》等。

鸡的历史

文 / 己上

人活得自在得靠理智，人活得快乐得靠奢望。人活得失意是理智与奢望之间的落差，人活得绝望是因为你知道这个落差也许永远不能弥合。

——六六

许久以前，鸡是一只善于飞翔的大鸟。它拥有一双又宽又长的翅膀和一身健康发达的肌肉。它在飞禽大会组织的飞翔比赛中，每一次都荣获冠军，被大家称为飞翔之王。

作为飞翔之王的鸡成了飞禽世界的明星。许多动物都找鸡做广告，鸡因此获得了滚滚财源。它还到处表演节目，每一次都获得可观的出场费和表演费。鸡应邀四处演讲，收获主办单位的重金酬谢。鸡把自己的成长经历写成了书，摆上大大小小书店的显眼位置，鸡实在太忙了。

一次，鹰在大街上遇到了鸡。

鹰说："很长时间没有见到你在空中飞翔，你在干什么呢？"

鸡说："我忙得不可开交，许多地方请我去做报告，烦得很呀。"

鹰说："你不飞翔，将来你的飞翔能力会退化的，你可要当心呀。"

鸡回答说："我十分清楚，谢谢你的提醒。"

可是，鸡还是我行我素，整天忙着赶往热闹的场合。

过了几年，鸡积累了大量的财富。它已成为许多家公司的老板。还兼任多种学会、协会、委员会、理事会、组委会、促进会的会长、副会长等。

这一天，鸡觉得自己许久没有飞翔了。于是，它张开翅膀，飞上了天空，它想体会一下久违的飞翔感觉。

飞了一会儿，它便感到翅膀又酸又痛，它便落在地上休息，恰好遇到了一只麻雀。

麻雀对鸡说："伟大的鸡，你那么有名、那么富有，干嘛还要辛苦地飞上天空？如果我是你，我会整天待在家中享福了。"

鸡想，麻雀说的有道理。我已功成名就，没有必要再吃苦了。于是，它放弃了继续飞翔的打算。

日子一天天地过去，鸡生活得十分滋润，它幸福极了。

不知过了多少年，飞禽飞翔大赛组委会又开始组织飞翔比赛。

鸡听说了这件事，心里感到很不好受。因为它知道，自己已经有多年没有飞翔，身体发胖翅膀退化，已经难以起飞了，它已经变成了一只不会飞的鸡。

然而令鸡高兴的是，飞禽飞翔比赛组委会并没有邀请它参加比赛，而是聘请它担任这次大赛的评委会主任。因为鸡的名气很大，没有谁比鸡更加能胜任这个职务。

鸡想：这样最好了，免了尴尬，又能出尽风头。鸡爽快地答应了飞禽比赛组委会的要求。在比赛中，鸡对每一位参加飞翔的运动员都给予认真详细的点评。同时，它还适度地介绍自己的飞翔经验和体会。

它的点评常常获得一阵阵热烈的掌声。大家都称鸡是飞翔最权威的理论家，直到鸡终老也没有谁能撼动它的这个地位。

由于鸡不会飞翔，所以它无法教自己的后代飞翔。鸡的后代就变成了不会飞的鸟，后来，鸡的后代被农人收留，它们的主要工作任务与飞翔毫无关系。公鸡和母鸡明确分工，公鸡负责司晨，母鸡负责下蛋。

最有趣的是那双翅膀的变迁：它已由飞翔的工具变成了打架的武器。每当两只鸡争斗的时候，鸡便用它那宽大的翅膀使劲地扇对方的嘴巴。

九头蛇

文 / 庚园

天下之事，不难于立法，而难于法之必行；不难于听言，而难于言之必效。

——张居正

一条蛇长有九个头，被称为九头蛇。九个头共同拥有一个肚子，九个蛇头个个贪吃。它们不顾肚子的感受，每天吃下大量的食物，把肚子撑得鼓鼓的，像一个皮球。肚子时常警告大家：若是再这样下去，一旦把我撑坏了，大家都得遭殃。

蛇头老大提议说，我们可以制定这样一个制度，具体要求是：每天每个蛇头只能吃一只青蛙。蛇头老二表示支持，紧接着其他蛇头也表示赞同。于是，大家开始遵守这样一个制度，蛇头老大带头遵守这个制度，并自觉担当了监督的重任。制度得到了有效执行，由于大家的欲望得到了控制，吃的东西明显减少，肚子的压力果然减轻了。它十分高兴，大家平平安安过日子，都觉得很舒服。大家都说蛇头老大是遵守制度的楷模，是大家学习的好榜样。还说蛇头老大为大家的幸福作出了突出的贡献。

日子一天一天过去，蛇头老大的心态渐渐发生了变化。它觉得自己为大家做了这样一件大好事，应该得到奖赏，或者应该拥有一点特权，否则就不公平了。于是有一天，它打破了每天吃一只青蛙的限制，每天吃两只青蛙。大家发现蛇头老大每天吃两只青蛙，都感到十分气愤，纷纷指责蛇头老大，说它带头破坏了制度。蛇头老大说，我是你们的头领，连这点特权都不给，我这个老大还有什么地位？再说了，我的贡献最大，理当给予必要的奖赏。

可是，大家都不买蛇头老大的账。蛇头老二说，既然蛇头老大不遵守这个制度，我们大家也没有遵守这一制度的必要了，大家还是自由自在好。于是从这一天起，大家又开始无拘无束地吃东西了。肚子受不了了，它大声责骂九个蛇头，说它们只顾自己的私利，不惜伤害大家的肚子。如果再这样下去，我就罢工，不再消化你们提供的食物，你们就得不到所需要的营养。

蛇头们都不怕这个，每一个蛇头都这样想：你罢工了，那么你自己的养分也没有了，最先倒霉的是你自己。再说了，要倒霉，大家都倒霉，反正不止我一个。

九个蛇头依然我行我素，它们不仅要过足“吃瘾”，往往还摆谱。本来，一天吃两只青蛙已经感到很爽了，但还要吃更多的青蛙，以显示自己的气派和风光。就这样大家暗中较劲。蛇头老大每天吃五只青蛙，蛇头老二偏要吃六只青蛙，蛇头老三还要变本加厉，蛇头老四不甘落后……

肚子在痛苦中呻吟着，大家对此置若罔闻，不屑一顾。危险一步一步逼近，大家的豪吃竞赛还在步步升级，兴致不减。有的蛇头因为多吃了一只青蛙而兴高采烈、豪情满怀，有的蛇头因为少吃一只青蛙而闷闷不乐、气恼不已。

这一天，肚子被撑破了鲜血直流。九个蛇头见状，都火气十足。大家吵吵嚷嚷、骂骂咧咧、相互指责、相互谩骂，并大打出手。

蛇身体中的血不断地减少，最后大家都没有了气力。

等待它们的是什么就可想而知了。

第四辑
Chapter Four
Zuimei Wenzhai
醉美文摘

距离与命运

▶ 文 / 庚园

虚伪鼓动我们把自己的罪恶用美德的外衣掩盖起来，企图避免别人的责难。

——英国谚语

在一个叫十湾里的地方，住着一只乌龟。它朴实无华默默无闻，过着自由自在的生活。光阴荏苒岁月流逝，待久了的乌龟感到十分腻味，于是想出来找点事干，以便充实自己，为生活增添一点乐趣。

它去求见虎大王，被大王府的门卫挡在外面。一个门卫说："笨乌龟，你想见虎大王，也不看看自己是啥模样，快滚蛋。"另一门卫说："你和虎大王是啥关系呀。"乌龟说："我是从十湾里那个地方来的，不认识虎大王。"门卫一听吃惊地问："什么，十万里的地方。"乌龟答："是十湾里。"

两个门卫相互使个眼色，赶紧去报告虎大王。

虎大王见门卫急急忙忙跑了进来，便问："有什么事，这么慌慌张张的?”门卫说:“虎大王，有一个从十万里外地方来的乌龟求见你。”虎大王一听感到十分稀奇，于是兴奋地说:“快请十万里外的乌龟进来，我看它到底长得什么样子，有什么不寻常的地方。”

乌龟很快被请进来了。虎大王一见乌龟，立马从大王椅子上走了下来，让乌龟坐下。它上下打量着乌龟，惊异地说:“这来自十万里外的乌龟就是和咱本地的乌龟不一样，简直一个在天上一个在地下，不能比呀。你们瞧，这肯定是一只神龟。这眼睛、这鼻子、这嘴巴、这脖子、这乌龟壳全都与众不同，这是老天爷赐给我的朋友呀。”老虎问乌龟:“神龟先生，你到我这里来，有何要求?”乌龟说:“我只想找点事干，不想待下去了”。“好啊!”虎大王非常高兴，说:“那你就担任动物王国的国师吧。”

乌龟上任后，工作起来兢兢业业，一丝不苟。它向大家系统地讲授了自己的道德理念及养生之道，颇受动物们的欢迎。于是，乌龟很快在动物王国中成了有名的大师，颇受动物们的拥戴。

一天，虎大王与乌龟聊天，虎大王随便地问了句:“乌龟国师，你的家距这十万里实在是太远了，你想不想家呀?”乌龟很坦然地回答:“虎大王你误会了，我家住在十湾里，距这里只有七八里的路程，这个地方很偏僻，我是经常回家的。”

“什么，你家就在本地，距这里才七八里的路程,”，虎大王脸色骤变，“你这个大骗子，从现在起你不是国师了，你回去吧。看在你尽了力，我就不惩罚你了。记住，永远别回来，否则，我就吃了你。”

第二天，乌龟国师在动物们的视线中消失了。

虎大王告诉大家:乌龟国师回十万里外的老家了。

老鼠给猫系铃

▶ 文 / 庚园

无论在什么样的社会里，一个人的理想，是为了多数人的利益，为了社会的进步，对社会生产力的发展起了促进作用，也就是说，合乎社会历史的发展规律，就是伟大的理想。

——陶铸

有一则寓言说：一天有几只黑老鼠聚在一起研究如何对付那只可恶的猫。有一只黑老鼠想出了一个主意，说是给猫脖子系上一串铃铛。这样它一出来，铃铛就会提醒大家，大家就可以马上逃跑。大家都很赞成这个主意，可是有一只小老鼠问道：谁给猫系铃铛呢？于是大家都不吱声了。

故事并没有完结。一阵沉默之后，大家提出了许多系铃方案。它们按照设计好的方案，一一付诸实施。

在老鼠的家族中，有一只小白鼠是虎大王养的宠物。对于虎大王来讲，小白鼠就是掌上明珠，十分珍贵。虎大王对它疼爱有加，非常喜欢。

对它提出的要求，几乎是百依百顺。于是，黑老鼠便决定托小白鼠去求虎大王，给猫的脖子系上一串铃铛。

一听是想给猫脖子系上铃铛，小白鼠便爽快地说：这是小事一桩，绝对能够摆平。这一天，小白鼠看虎大王很高兴，便对它说：”我喜欢看戴着铃铛的猫，求你给猫脖子系上一串铃铛好吗。虎大王说：“猫是我的下属，我是它的上级，我让它干什么，它就得干什么。”说着，它就让手下把猫喊了过来。虎大王命令猫在脖子上系上铃铛。猫说：马上就办。猫发现自己没有铃铛，于是赶紧去找铃铛。黑老鼠把早已准备好的一串铃铛抛给了猫，猫麻利地戴上了铃铛。当它发现这串铃铛是黑老鼠送给它的时候，高兴地对它们说：谢谢你们。

这次成功令大家十分兴奋。大家提议，还要给猫戴上一串铃铛，以体现老鼠家族的本事。它们知道猫很喜爱黄金，于是它们就打造了一串黄金铃铛。它们托猪给猫传话，说是只要猫系上这串黄金铃铛，那么这串黄金铃铛的所有权就归猫了。猫想，为了一串黄金铃铛，对老鼠妥协是一件不光彩的事。但是由此获取一串黄金铃铛那是很值得的，于是它主动戴上了第二串铃铛。

猫戴上了第二串铃铛之后，大家还觉得不过瘾，于是决定再给猫系上第三串铃铛。经过调查得知，有一只发了大财的花老鼠捐资建了一家猫警学校，猫正巧是那个猫警学校毕业的。于是大家找到那只花老鼠说明了意图，花老鼠找到了猫警学校的校长，提出了给猫戴铃铛的要求。猫警学校的校长一听，心想，原来是这样一件小事情。它拍着胸脯说：“别说给猫戴上一串铃铛，就是戴上一百串铃铛也不在话下。”它很快找到了猫，说：“你戴上这串铃铛就是为母校做出了很大的贡献。”猫是一个很听话的学生，于是很爽快地就同意了。

它们发现，给猫戴上铃铛的办法实在太多了。猫很惧怕院子里的那条大黑狗，于是老鼠们就收买了大黑狗。这一天大黑狗抓到了猫，它张开大口，吓得猫直哆嗦。猫说："你只要不咬我，让我干什么都行。"于是，大黑狗让猫系上了第四串铃铛。

此事成功以后，黑老鼠们又开始研究给猫系上第五串、第六串乃至更多串铃铛。

老鼠与经济社会

文 / 乙丕

不以规矩，不能成方圆。

——《孟子》

动物世界在变革中前进。以前动物世界实行的是森林法则，弱肉强食，要想生存凭的是武力。如今动物社会变成了经济社会，要想生存凭的是头脑。老鼠因为头脑活络，精于算计不怕吃苦，很快变成了动物世界的富翁。它拥有数种产业多家公司，成为了响当当的大老板。

狮子由于不太适应经济社会的法则，而成为落魄者。它整天为生计发愁，许多动物都去老鼠的公司打工，薪酬很可观。可是，狮子不想去，因为它很爱面子，它要维护自己的尊严。它觉得尊严是不可以随意放弃的，想当年自己是动物世界的大王，多么威风呀。老鼠算什么东西，是一名不入流的小动物。整天跟在自己屁股后面转来转去，自己都不会用正眼瞧它，如果自己上门为老鼠打工，这也太让自己难以接受了。

然而，随着时间的推移，狮子饿得骨瘦如柴，连走路都摇摇摆摆，狮子的思想产生了变化。狮子想，生命与尊严相比，显然是生命重要，它决定放弃尊严来捍卫生命。

它来到老鼠的公司找差事。老鼠见狮子来了，慢条斯理地说："只有门卫一职，我看很适合你干，干与不干，你自己拿主意。"

狮子心想：你这个坏家伙，真是一点面子也不给我。难道公司里没有更体面的职位吗？但是它知道，此时自己已经没有了选择余地，它同意干门卫这个职务。老鼠看出了狮子的心思，它对狮子说："现在是经济社会，一切都由金钱说了算。你原来是大王，可是现在你却是流浪汉，我收留了你，你要感恩才是呀。"

狗因为不善于经营而成为穷汉。狗找到老鼠，老鼠让狗负责捉猫。老鼠说："你是一个对付猫的天才，你捉到一只猫，我就会给你发一笔奖金。"

狗想，我与猫没有仇恨，可是如果放着大把的钞票不去挣，那也太傻了。于是它整天不睡觉，在猫活动的地方等着。许多猫被狗捉到，送到老鼠那里听从处置。

被捉到的猫常指责狗："当初你为主人看家护院，我为主人捉老鼠，虽然没有太深的交情，但我们也算是同事。你讲不讲道德，讲不讲情义呀？你将我们逼入绝境，也不感到内疚。"

狗说："眼下是经济社会，谁还讲什么道德，谁还讲什么情义？你的说法太不合时宜了。现在老鼠给我发工资，老鼠就是我的衣食父母，我必须听老鼠的。老鼠叫我干啥我就干啥，你没有发财，你挨欺负是十分正常的事情。"

动物世界著名的艺术家孔雀被老鼠聘为艺术团演员，它拜老鼠为艺术导师。许多动物说孔雀是那样的高贵，是那样的有品位，怎么让老鼠给收买了，这个世界太猖狂了。

孔雀说："我也有七情六欲，我也要穿衣吃饭，没有经济的支撑是不行的。再说了，现在哪个艺术家不爱钱呀，如果空谈高贵啦、品位啦，有什么意义。我问问你们，我想穿世界上最漂亮的衣服，你们谁能给我；我想住世界上最豪华的房子，你们谁能给我；我想吃世界上最好吃的美味，你们谁能给我？"

大家一听，都目瞪口呆。它们说，也许狮子、狗、孔雀的选择是对的。在经济社会里，金钱改变着一切，一切都与金钱有关。

有一天，大街上出现了这样一个老鼠出行的"镜头"：狗在前面开道，由狮子抬轿，孔雀在旁边伺候。

不过，这在大家看来，已经见怪不怪了。

精神地图上的陈兵布阵

▶ 文／戎装云

有思考能力的人一定会反对所有的残酷行径，无论这项行径是否深植传统，只要我们有选择的机会，就应该避免造成其他动物受苦受害。

——施韦泽

带着对“最辽阔的原始和自由”的深深憧憬，年轻的你从北京来到了内蒙，来到了风景如画又异常残酷的额仑草原。从此，你当上了掌管几百头羊的羊倌，却相中了真正象征着“原始和自由”之伟力的草原狼，并痴迷得一发而不可收。

那一天，你又去深山里放牧，一匹马、一群羊、一个人。

一条从草坑里埋伏了长达三个小时的母狼把握住时机猛然间蹿出，悄无声息地掠走了你的一只小羊羔。来不及施展营救行动的你，在心里牢牢记住了狼的逃亡方向——黑石山。

母狼叼着羊回去了，去喂养它窝中七只可爱的小狼崽；你也赶着羊回去了，与同住蒙古包的同学商讨掏狼崽的大计。不是为了泄恨，更不是为了好玩，你养小狼的目的只有一个：更近距离地走进草原游牧民族“狼图腾”的精神领地之中心，从而“重新认识游牧民族对中华文明的救命性的贡献”。

经验全无成功率低，更有重重危险。但你还是去了，与你的铁杆同伴杨克还有两条爱狗——二郎和黄黄一起去的。凌晨过三点，星月皆无光，只为摸清夜战回窝喂狼崽的母狼行踪，你和伙伴就潜伏在一个小山头上听狼嗥凄厉到天亮。你真的没有忘记你的蒙族阿爸对你的教诲：天下的机会只会给有耐性的人和兽，只有有耐性的行家才能瞄准机会。

猎性十足的二郎与终于现身的母狼到洼地的一片旱苇丛中 PK 去了，但这并不能保证眼前这个百年老洞之中没有大狼的存在。“不入狼穴，焉得狼崽。”于是你把心一横，让杨克用两丈长的蒙袍腰带拴住自己的双脚把整个人顺下洞去。打开手电，两肘拄地匍匐前行，再前行，终因一个狭小结实的卡口而未能到达最深处。然而你已是一个勇气可嘉的汉人，为了获取第一手材料你不惧艰险，像乘舟夜临石钟山绝壁之下的苏轼，更像一头不达目的绝不罢手的战斗之狼。

其实，第一次与狼群遭遇，只是一人一马的你就用马镫对砸发出来的金属撞击声击退了强敌，把白狼王率领的草原军团吓得缩脖奔逃如一阵狂风。狭路相逢亮剑者胜，“狼来了”并不可怕，自己身上的羊性太重才是真正的可悲，无论是一个人还是一个民族。很显然，你断乎是不在可悲者之列的。

几经周折，你如愿以偿地用帆布包把小狼崽弄回了家，并选择一只强壮的小公狼喂养。你是那样地上心、那样地执着，即使面临层层压力也不放弃，即使被狼抓狼咬也不抛弃，即使是自己挑灯夜读必用的羊油也在所不惜。

你爱狼，其实是爱自己心中的事业；你敬狼，像你的蒙古阿爸毕利格老人一样敬畏着狼，敬畏着这腾格里（天）派往人间的“飞狼”的非凡生存能力和作战智慧。

你还会与牧民们一起圈狼、夹狼、防狼和战狼，并分享着草原狼带给草原人的种种好处。你曾经乘坐毡舟一路飞驰在冰冻的雪湖之上，你哪里是在钩狼群“赠送”的黄羊，你分明是在钓“最辽阔的原始和自由”；你在猎场盛宴上与蒙族兄弟们一起大块吃肉仰天暴饮，这哪里是在接受劳动改造，这分明是如鱼得水。你在最恰当的时间来到最恰当的地点，从此开启了一段神奇难忘的人生历程。

又轮到你下夜了。有杀狼犬二郎在外面守着羊群，你在包内潜心攻读。为了不妨碍两个同伴的睡眠，你把矮桌放在包门的旁边，用竖起的厚书遮挡着灯光。灯光暗淡，你的心里却分外亮堂，看书做笔记，自学大学课程，吞咽古今经典书籍尤其是与狼有关的书籍。这是在知识的战场上一种无声地血性打围，你和时常在包外不远处向天嗥叫的狼一样迸发着全身的生命活力。劳动、学习和精神探索三不误，你是真正意义上的知识青年！

智取黄羊群，趁风追战马，设计入石圈，绝招捕旱獭，断腿为保命，晃腿诱马驹……你看到了并亲手绘制和铺开了一幅关于狼的“勇敢、强悍、智慧、狡猾、凶残、贪婪、狂妄、野心、雄心、耐性、机敏、警觉、体力、耐力”的不朽画卷。“不息、不淫、不移、不屈。”你也深刻地意识到“没有狼图腾的形象、性格和精神的参与，中华龙就不能称其为龙，而只能是中华虫。”

你是一个历史感伤者，亲眼目睹并经历了最后一段游牧文明之史诗不可避免地终结；你又是一个时代贡献者，一本《狼图腾》中永久闪烁的强悍进取、昂扬不屈的精神光柱必将照耀国人更加迅猛而稳健地实现中华民族的复兴伟业。

正如你的名字——陈阵，陈兵布阵，以永远不坠的意志和斗志作图腾。

旋转的光阴

▶ 文 / 戎装云

孩子一开始必须通过对生活的热爱来获得知识，随后他们便会脱离生活去求得知识，再往后，他们又会带着成熟的智慧重返自己更为充实的生活。

——泰戈尔

转陀螺是一件令人着迷的游戏，而陀螺则是每个孩童的百宝箱中必备的装备之一。

记忆中，我所拥有的第一个陀螺出自父亲之手。那一年的盛夏，一场烈度罕见的暴风雨过后，父亲从村西拖回来一根很粗的杨树枝，将其置于南墙下。父亲动用钢锯和砍刀为我制作了一个陀螺。陀螺又粗又高，甚是威武，做成后拿到街巷里去炫耀，一下子赚足了小伙伴们羡慕的目光。

在父亲为我制作陀螺的时候，我也没有闲着，为陀螺提供旋转动力的鞭子由我来做。取一段母亲原本用来纳鞋底的“底子绳”，按照大孩子们传授的技艺编织成一条鞭子，再与从废弃的电机传动带上抽出的几条韧性十足的黑绳连接起来。然后选一根杨条或柳条截成合适的长度，在上端用小刀刻上一圈的凹痕，把预先就在一端留有一个套的鞭绳牢固地系在枝条凹痕处，就算大功告成了。

把鞭子有规律地缠绕在陀螺的非圆锥体部分上，左手轻轻地把它按下，用来握鞭杆的右手用力适宜地一拉，陀螺就开始旋转起来了。接下来就是一鞭又一鞭有节奏地抽打，以保证为陀螺之旋转提供持续的动能。

长鞭子配大陀螺，虽然抽打起来费力了些，但陀螺转得很是给力，人自然也特别长精神。这让原来因吃不上葡萄而说葡萄酸的一些质疑声全部转化为喝彩声，人人争相抽打我那宝贝疙瘩。

为了让陀螺转起来更加炫美自如，我采取了两种新策略：一是在陀螺的尾部用蜡笔涂上多圈不同的色彩；二是在陀螺的顶端安装了一颗滚圆的铁珠子。如此一来，我的陀螺的表现就更加出众了，可以说它为我多次夺取在村西口空地上举行的转陀螺大赛冠军立下了汗马功劳。

然而，男孩子们对玩技的追求向来是没有止境的。后来，竟悄然流行起一个人同时抽打两个陀螺的新玩法。那段日子父亲工作很忙，无暇顾及我的需求。我只好全力搜集家里没有用途的旧布，从走街串巷摇动拨浪鼓的一位老爷爷的“百宝铁笼”中换得一个陀螺。

这是一个通体被染成红色的陀螺，色彩煞是好看，只是轻小了些。不过，对于我这位转陀螺高手而言其大小轻重都是无所谓的。

这个红陀螺和我先前的那个尾部已经全部改涂为绿色的大陀螺也算是绝配了吧。一手抽两个陀螺的确不是一件容易的事，需等第一个放手的陀螺转快之后，赶紧再把第二个陀螺用鞭子缠好并快速放手才行。然后就是这样了：左边一鞭子、右边一鞭子、向前一鞭子、向后一鞭子，忙得不亦乐乎。这般手舞足蹈、这般跳来跳去，只需一小会儿的工夫，额头上就沁出了汗珠。大家尽情地投入到转陀螺的游戏之中，旁人的话语再也不能入耳，想来那时的我们，也是醉了。

陀螺的旋转常常让我想起小时候玩的另一种旋转游戏。大人们在地里干活，我和弟弟蹲在地头的大树阴凉处，手握脚踏板做圆周运动，以此带动自行车车轮的飞速旋转。在旋转之前，还不忘在车辐条上绑缚一些不同颜色的带子，那些带子转起来非常好看，我们称其为“旋转飞龙”。

让我想起的还有一种游戏——自我旋转，那是更小时候与小伙伴们玩的节目。手拿一条彩色丝带或什么都不拿，张开双臂移动双脚，全身就旋转了起来。只觉得天地、太阳、云朵、树木和房屋也跟着自己一块转动，只转得晕头晕脑、站立不稳，而不得不坐在地上。要过上好一会儿才能慢慢缓过神来恢复正常，而此时发现，自己已经由场地之西北转到场地之东南。

游戏的时间总是过得很快，转眼间就是一个上午、一个下午，甚至是一个盼等已久的节假日。直到现在我依然有些固执地认为，光阴不是如流水般呈直线状逝去的，而是如陀螺等物一样旋转着走远的。这或许更符合常识吧，教科学的老师曾经说过，地球自我旋转一周是一天，月球绕地球旋转一周是一月，地球绕太阳旋转一周是一年！

强弱之道

▶ 文 / 朱国勇

求必欲得，禁必欲止，令必欲行。

——《管子》

公元 1346 年，刘伯温隐居于镇江北固山，一面读书治学，一面招村童讲授儒学。刘伯温能谋善断、精通医理，经常为村民解决疑难，不久就名闻一方，被村民们称为“贤士”。

一天，刘伯温立在危岩之上，骋目遐思。山风浩荡，刘伯温的长衫随风飘舞。

这时，山下来了一位年轻人。年轻人修长消瘦，一脸苦恼：“先生，我在东市卖菜，虽然利润微薄，却也过得日子。可惜最近，冒出几个痞子，非要向我收保护费，要是给了他，我的日子就没法维持了！”

刘伯温笑笑，问年轻人：“你姓什么？住哪里？”

年轻人答道：“我姓孟，住在山前李家庄。”

刘伯温捋捋胡须，一副胸有成竹的样子："好，我教你一个办法，你准备一把利刃，痞子再来时，你朝他大腿上猛扎一刀。"

年轻人心有疑虑："这能成吗？"

刘伯温肯定地说："我这法子，不仅能解你眼前之困，还能保你一生无忧。"

年轻人刚走，又来了一位矮黑粗壮的汉子。汉子声音洪亮："先生，我在西市卖肉，都十几年了。昨天，竟然来了几个痞子，要收什么保护费。我哪能给他交保护费？我本打算将他们教训一顿，是我老婆拦住了我。她非说您世事洞明，让我来问问你该怎么办。"

刘伯温慈祥地笑了："你姓什么，住在哪里？"

汉子回答："我姓王，住在王家大庄。"

刘伯温说："你啊，就应该给他保护费。不仅要给，还要买菜沽酒，请痞子们饱餐一顿。"

汉子惊讶得两只眼睛跟铜铃一般："先生，我没听错吧？"

"你没有听错，照我说的做，可包你平安无事。"

汉子闷闷无语，半天才咕哝一声："好，我且听你的。"

汉子转身离云时，刘伯温又叮嘱道："你记着，请痞子吃饭时，要多请族人、朋友相陪。"

在一旁园子里种菜的弟子，把这一切都看在了眼里。弟子觉得很纳闷，就问刘伯温："同样一个问题，您教给他们的解决方法怎么会截然相反呢？"

刘伯温是这样解释的：年轻人姓孟，孟姓是小姓，在当地人丁单薄。而菜市场三教九流鱼龙混杂，这年轻人又生性怯懦，就算交了保护费，也难保不再受别人欺负。我教他手持利刃独战群痞。可以让他一战成名，从此无人敢欺！那个汉子姓王，孔武有力杀猪出身。王姓，又是当地大户，族人数千。我让他宴请痞子，再多请朋友族人作陪，就是向痞子展示实力。一场酒席下来，他多半就成了痞子拉拢的对象。痞子们不但会退还他的保护费，从此还会成为他的朋友。

“弱小者，要教之以刚强；强大者，要辅之以变通。”刘伯温最后是这样总结的。

弟子听了，钦佩不已。人心虽异，世理皆同！江湖智慧，儒家心肠，在刘伯温身上得到了完美的诠释。

几天后，汉子上山来向刘伯温道谢：“痞子不但不要我交保护费了，还一个劲地要跟我交朋友。”又过了几天，年轻人也来向刘伯温道谢：“大师，我一连刺伤了两名痞子。现在几十个卖菜的都团结在我身边，痞子们再也不敢来了。”

刘伯温颔首微笑。长天流云飞渡，山下如蚁人寰。

弱者不可示弱，强者不可恃强！此理，千古不易！

5元胜过300万

▶ 文／朱国勇

两心不可以得一人，一心可得百人。

——《淮南子》

1916年，英国人发明了坦克。同年9月15日，英国首批60辆坦克投入了索姆河战役，立即就显示了强大的战斗力。从此，坦克被誉为“陆战之王”。

1926年初，奉系张作霖耗资300万银元，从法国人手中购入了6辆坦克。看着威风凛凛的坦克，张作霖得意不已。他觉得，统一中国的时候到了。也难怪张作霖得意，当时的中国军队使用的都是落后的步枪，跟坦克根本无法抗衡。

1926年8月，张作霖挥师南下，直逼北平。

驻守北平的是冯玉祥的国民军，双方军队在居庸关一带拉开了阵势，形势一触即发。

冯玉祥忧心忡忡。8 月 4 日，他乘车从北平赶往前线指挥部——南口镇。

然而，刚到南口镇东街头，就发生了一个小插曲。两个衣衫褴褛的黑瘦中年汉子，泣不成声地拦住了冯玉祥的汽车。卫兵轻喊了一声“大帅小心!”，便举起了枪。冯玉祥拦住了卫兵，这两位不像刺客，几十年的风雨历练，冯玉祥对自己的直觉很自信。

汽车还没停稳，那两个中年汉子就“扑通”一声跪下了，哽咽地嚷着：“长官啊，行行好吧。我女儿就快病死了，给两块大洋救命啊!”原来这是一对兄弟，姓陈，是当地有名的猎户。陈老大终身未娶，陈老二的老婆去年生病去世了，留下一个女孩儿 15 岁，兄弟俩当命根子一样宠着。

跨步下了汽车，冯玉祥的心中蓦然充满了一种悲悯。狼烟四起，到处都是难民啊，什么时候老百姓才能过上安宁幸福的生活呢?

在路旁一座低矮黑暗的民房内，冯玉祥看到了那个生病昏迷的女孩子。挺好的一个女孩儿，穿着紫红色的破棉袄，娟秀的五官。正发着高烧，脸蛋红通通的。

冯玉祥轻轻放下 5 块银元：“快给孩子找医生吧，不能再耽搁了。”

两个中处汉子又“扑通”一声又跪了下来：“长官啊，您留个姓名吧，来生我们做牛做马也要报答您!”

冯玉祥转身走了，这种凄楚的场面，看得久了，他担心自己的眼泪会流下来。

卫兵拉起了陈家兄弟，说：“这位是国民军的冯玉祥大帅。”

冯玉祥的汽车开出了老远，陈老二还在喃喃自语：“孩子她娘，我们遇到贵人了。孩子有救了！是冯大帅，冯玉祥大帅……”

冯玉祥到了指挥部后，还是放心不下。那个女孩红通通的面庞始终在眼前闪现。他吩咐卫兵带着军医，去给小女孩看病。

8 月 7 日，战斗打响了，张作霖坦克的威力一下子就显露了出来。登山渡水，如履平地，而且枪炮不惧。尽管冯玉祥做了周密部署，国民军依然节节败退损失惨重。短短三天，国民军就战死 4000 多人，丢失了建平、赤峰等广大地区。

8 月 11 日，张作霖发起了总攻，他要一举拿下居庸关。

张作轻霖指挥 6 辆坦克，排成一个方阵，发起了冲锋。大批士兵如蚂蚁一般，密密麻麻地跟在坦克身后。冯玉祥的国民军凭借山势险要，苦苦支撑死战不退。

临近中午，一辆坦克冲破了国民军的阵地前，坦克上的机枪肆虐地喷吐着火舌，国民军的士兵一个接一个地倒下了。眼看阵地就要失守，正在这危急时刻，山石后面突然跳出来一个人，是陈老大。只见他敏捷地跃下山石，几步跃到坦克侧翼，那是坦克火力的盲点。陈老大举起猎枪，“砰”的一声响，猎枪中的散弹四散溅出，有不少散弹蹿进了坦克的瞭望孔。紧接着，那坦克摇头摆尾地乱窜了几步，就窝在那里不动了。

见这情景，冯玉祥的国民军爆发了一阵欢呼。这时，陈老二也从山石后面跳了出来，只见他手中抱着五六管猎枪。他一边把猎枪分发给士兵，一边说：“坦克的瞭望孔小，只有猎枪的散弹可以对付……”

接下来，战事发生了戏剧性的变化。张作霖的坦克肆无忌惮冲在前面，把掩护坦克的士兵远远抛在身后。坦克只要一冲上来，陈老大、陈老二他们就蹿到坦克的火力盲点上，用猎枪朝着瞭望孔向坦克内部射击。不大一会儿夫夫，张作霖的 6 辆坦克，就报销了 4 辆。余下两辆一见情况不妙，掉头就跑。张作霖的军队兵败如山倒，冯玉祥的国民军乘胜追击，缴获大量军备，抓住许多战俘，取得了空前胜利。

就这样，张作霖耗资300万银元的6辆坦克，被几杆猎枪击败了。仅仅因为，冯玉祥救了一位少女，付出5块大洋。

战后，冯玉祥要嘉奖陈氏兄弟。陈家兄弟拒绝了："大帅，您是我陈家的大恩人啊，我们兄弟就是拼了这两条老命也值啊！哪能要奖赏？"

冯玉祥感慨不已，他没有想到，自己一时无心的善举，竟然挽救了整个国民军，甚至可以说是改变了中国历史的走势。若是没有这几管猎枪，他真不敢想象，借着坦克，张作霖的东北军会不会一举打下北平，接着席卷全国。

在日记里，冯玉祥用八个字对这件事进行了总结："岂惟人力，亦是天意！"

这就是号称"陆战之王"的坦克在中国大地上第一次亮相，它居然如此灰头灰脸地败在了几管猎枪之下。

群雄逐鹿，得民心者得天下。一个心中有善的人，轻易是不会败的！

佛有多种

▶ 文 / 朱国勇

一个人有再大的权力、再多的财富、再高的智慧，如果没有学会去关怀别人、去爱别人，那他的生命还有多少意义呢！

——温世仁

佛家，有这么一个寓言。

地之极东南有一海，称为“沧海”，沧海对面就是仙家佛地。凡是能渡过沧海到达彼岸的人，就能立地成佛，修成正果。

于是，许许多多的人千里迢迢赶来，或乘帆船、或扎木筏，纷纷朝着彼岸进发。波浪滚滚、狂风飙卷，许多人都被风浪击翻永沉海底，能成功到达彼岸的人少之又少。但是，就是这少之又少的人，成了人们口中的传奇，吸引着越来越多人前赴后继，朝着无垠的沧海进发。

从空中俯瞰，渡海的队伍是庞大的，密密麻麻，千帆竞渡。一个浪头过来，就覆灭了一大片，再一个浪头过来，又覆灭了一大片。但是，覆灭的人立即就被后来者补上。海面上是拥挤不堪的樯橹，海岸上是汹涌如蚁的人流……

天地间，响起深沉的悲歌。佛祖亦闭上了悲悯的眼神，不忍再看。

若干年后，有三种人成了佛。第一种人历尽艰辛，终于到达彼岸，称为“修成正果佛”；第二种人，几经努力，还是到达不了彼岸，于是放弃了渡海，回家安居乐业，称为“幡然醒悟佛”；第三种人，其实只是一个人。那是一位在沧海边打鱼的老人，面对着熙熙攘攘的渡海人潮，他不为所动。几十年间，日出而作日落而息，过着单纯而朴素的日子。后来，佛祖点化他成了佛，称为“宁静佛”。

而那些沉入海底泯灭无闻的，被称为“芸芸众生”。

有人问佛祖，你属于这三种佛中的哪一种？佛曰：我属于第四种。看尽人世悲欢，阅尽世事浮沉，称为“大彻大悟佛”。

从此，沧海边渡海的人逐年减少。因为人们终于知道佛有多种，成佛的路径也远不止“渡沧海”这一条途径。

对于这个寓言，我们或许可以这样理解：“佛”确实是多样的。除了那些不会思考随波逐流的，其余的人们，只要尊重自己的内心，过着自己想过的日子，便都成了“佛”。

最终得分

文 / 庐江布衣

生命苦短，只是美德能将它传到遥远的后世。

——莎士比亚

辽阔的蓝天下，湖水波光粼粼。湖边水气滋润，芳草丰美，马妈妈一家就生活在这里。马妈妈有两个孩子，大红马与小红马。

没事的时候，马妈妈就带着两个孩子在草原上奔驰。长风涤荡，白云悠悠，大红马一奔起来就四蹄生风，马尾逆风飞扬神骏异常，像一团热情的火焰，在草原上闪烁。小红马呢，撒欢跑一阵子，就歇下来，他才不想做什么千里马，有时间他宁愿看着不远处那匹温柔的小白马发呆。

马妈妈觉得，大红马将来必成大器。

果然，大红马很快就被选走了，成了元帅的坐骑，风光无限。一次，元帅的军队路过湖边，大红马一马当先，昂首阔步，金雕玉鞍，更显威武。马妈妈看了，无限欣慰，她教育小红马说：“你要好好努力将来像你哥哥一样！”小红马听了，只是笑笑：“妈，我觉得现在这样也很好。”说完，小红马一溜烟跑去找小白马玩了。

过了几年，大红马立下了无数战功，成了人们口中的传奇。小红马拉车推磨，过着平凡而安静的生活。他和心爱的小白马结成了夫妻，生了一大堆可爱的小马驹子。小红马觉得，自己也很幸福。

马妈妈见了心中感叹，这小红马是没出头的日子了。在心里她给大红马打了一百分，给小红马打了五十分。

岁月就像大河一样，一浪一浪冲过。转眼间，大红马与小红马都老了。

大红马退役回到了湖边，但是大红马依然是英雄。黄昏时，小马驹子们，就围成一团，听大红马讲金戈铁马的故事，听着听着，就生出了无限神往，跃跃欲试。

小红马拉完车，就陪着小白马在草原上悠闲地散步。青山依旧，夕阳正红，只是都老了。

一个安详的午后，大红马死了。不久，小红马也永远离开了这个世界。小马驹子们在总结他们一生的时候，给大红马打了一百分，给小红马打了零分。他们说，小红马这一生，活得太窝囊，简直没个“马”样。一个妈生的，怎么相差这么大！

大红马和小红马的灵魂来到了天堂，上帝用英雄的礼仪热情地接待了他们。上帝说，大红马功成名就，小红马知足常乐，他们始终忠实于自己的心灵，过着自己想过的日子，都是英雄！

上帝给打大红马打了一百分，给小红马也打了一百分。

这，也是他们的最终得分。

照亮自己

▶ 文 / 纳兰泽芸

> **有的人觉得能够舍身，能够用牺牲来对人类表示深切而毫无私心的同情，是一种快乐。**
>
> ——罗曼·罗兰

15年前的一个寒冬，一位60多岁的老人在公厕里发现一个小小的弃婴。

这是个小女婴，嗷嗷哀啼，脸已经冻得发紫，善良的老人犹豫不决。

他的犹豫是有原因的，几年前，老人唯一的儿子遭遇车祸离世，老伴在这白发人送黑发人的打击下，一病不起瘫痪在床。破落的家中要钱没钱，要吃没吃。

但小婴儿的哀啼声扯着老人的心，如果他狠心离去，小婴儿不被冻死也被饿死。善良的老人还是回去把弃婴抱回了家中。

婴儿出生还没几天，脐带是用牙齿咬断的，已经感染，体重也很轻，是个早产儿，加上又饿又冷，小婴儿几乎是奄奄一息了。老人赶紧把婴儿送进了医院抢救。

婴儿终于安然无恙，老人把她抱回了家。

老伴瘫痪在床，每月的医药费都拿不出来，哪来的钱给孩子买奶粉，买尿布？老人就拼命地出去挣钱，捡废品、打零工，只要是能挣到钱的活儿，他都抢着干。可是因为年纪大了，实在也找不到什么活儿。

老人把孩子取名“乐乐”，希望孩子虽然出生凄苦，但以后的人生还是要快快乐乐的。

几年后老伴去世了，老人含辛茹苦地一天天将乐乐养大，和乐乐相依为命。乐乐亲热地叫他“爷爷。”那一声爷爷，将他的心融化。

大一些，老人又送乐乐上学，老人靠着捡废品供乐乐上学。

乐乐15岁那年，近80岁的老人在酷热的天气里捡废品，热了也不舍得买一根冰棍儿降降温，突然就倒在了火辣辣的太阳下，从此偏瘫在床。

15岁的乐乐就承担起了照顾老人的重任。

擦身、换衣、喂饭、清理大小便，15岁的乐乐一夜长大。

15岁的乐乐已经上初三了，自从老人偏瘫之后，乐乐的学费就由她自己晚上去外面做家教来挣。

清早乐乐做好早饭，喂爷爷吃下就去上学，中午放学匆忙赶回家做中饭，喂好爷爷再回学校。下午放学马上赶回家做好晚饭，喂好，洗好衣服就去做家教，自己的作业只有等到家教回来深夜做。

看年纪小小的乐乐这么辛苦，老人内疚得流泪。可乐乐却把爷爷的头抱在怀里，脆生生地说：“爷爷不哭，有乐乐在，乐乐不会让爷爷受苦！我叫乐乐，乐乐在哪里，哪里就有快乐！”

在乐乐的精心照料下，老人的病情没有恶化，身上没有一块褥疮。

周末不上学时，乐乐还会半牵半扶着爷爷出去晒晒太阳。

老人心想，如果没有乐乐，老伴去世之后，这一身偏瘫真不知道怎么办才好。

15 年前，他大手拉着小手，将生的希望给了小乐乐。

15 年后，乐乐小手牵着大手，将生的希望还给了他。

这是一则简简单单的新闻。

却让我想到了那个盲人，和他的灯笼。

一个伸手不见五指的漆黑夜晚，盲人打着他的灯笼，走在如墨夜色里。

有人问他："你一个目盲的人，打什么灯笼，不是白费蜡么？"

盲人说："夜晚漆黑，没有灯光，别人会和我相撞。"

人家说："原来你这样做是为了别人啊！"

盲人说："不全是为了别人，也为了我自己。点灯照亮别人的同时，更照亮了自己。"

点一盏善良之灯，照亮别人的同时，更照亮了自己。

笨小孩的王冠

▶ 文 / 纳兰泽芸

绳锯木断，水滴石穿。

——罗大经

钟淮在这次市里的围棋比赛中获得了一等奖，班主任杨老师说："这下你相信自己不是一个笨小孩了吧？"

"可是，我觉得自己很笨……我的学习成绩……太差……"

"那是你一直在回避学习功课，其实只要你勇敢承担并面对，你绝对会让自己大吃一惊！我明天带你去个地方。"

第二天他们去了马戏城。钟淮看了一头大象与 40 名壮汉的拔河比赛，大象轻而易举取胜。他感叹："大象真是大力士啊！"

杨老师说："待会节目结束我们去后台看看。"

马戏城后台，大象屋里共有 6 头大象，令钟淮无比惊讶的是，拴住这些庞然大物的并不是什么粗大的柱子和粗重的铁链，只是一根细绳子拴在一根细细的木桩上面。更让钟淮吃惊的是，这些庞然大物竟然都安静地被小木桩拴得服服帖帖的。

“为什么这么小的木桩就把大力士拴得乖乖的呢？”钟淮困惑地问。

杨老师微笑着说：“因为在这些大象幼小的时候，它们会被沉重的铁链拴在一个无法撼动的铁柱上，那个时候小象会不停地挣扎、反抗，但是就算它挣扎得头破血流也无法摆脱。等到长成了巨象之后，就算它已经力大无穷，它可以轻而易举撼动铁柱，但它已经放弃了努力，它已经不敢承受其重。”

杨老师把钟淮的手放进自己的手心，捏住，重重地握紧。钟淮的心里，有一波又一波的潮涌在翻腾。

寒假过后，新的学期开始了。钟淮变了，变得周围的人都快不认识了。

每天清晨，第一个出现在教室晨读的是他。每天深夜，最后一个离开自习室的是他。

中考之后，钟淮的名字在红彤彤的光荣榜中闪闪发光。

再后来，钟淮成为重点高中的一名尖子生，也是学生会的主席。

当时，在全校公开竞选学生会主席的演说中，钟淮说：“我曾经是一头怯懦的象，我逃避、不敢承受人生中未知之重。可是现在我明白了，只有勇于承担起人生中的未知之重，那顶人生的王冠，才会飞临头上。”

世界杯中的“小事”

文 / 纳兰泽芸

小事成就大事，细节成就完美。

——戴维·帕卡德

2014 年巴西世界杯的战火已熊熊燃起，它点燃了全世界球迷的疯狂与激情。

然而，在这样一个举世皆“狂”的时候，各个国家球队的教练组可来不得半点“疯狂”。为了让自己的球员们保持最佳精神、最佳体力、最佳状态在赛场上发挥出最佳水准，教练们无比清醒地在方方面面的“小事”上严苛把关，让球员尽可能远离一切可能的干扰因素。

各球队对入住酒店提出了各种各样的要求，要吃国产香蕉、要听母语电台、要吹无声空调、要看世界报纸……

法国队甚至还有更奇葩的要求：酒店的卫生间里不能用固体肥皂，只用液态肥皂，而且液态肥皂要分为两种，一种用来淋浴，一种用来洗手。

这么做的目的，一是防止队员在卫生间里踩到固体肥皂摔倒受伤；二是清洁身体和手的液态肥皂分开，可以预防交叉感染。

在8年前的2006年德国世界杯上，英格兰的“太太团”以她们靓丽的外表造成了不小的轰动，然而那一年英格兰队的发挥却很糟糕。为了吸取教训，教练组禁止太太团随行，希望球员们能把更多精力集中在球场上。墨西哥队主帅埃雷拉也表示，来巴西是为了打世界杯，而不是开party，如果连二三十天的分离日子都过不下去，就不配当职业球员。

有些球队虽然允许太太团随行，但规定球员与太太团分开在不同酒店居住，而且他们只能在训练营里见面，球员不可以将太太或女友带入房间。

在巴西，许多球队入住的酒店都是距离海滩不远的海景酒店，那么训练之后来个畅快的海水浴，应该是个不错的享受。然而，“NO”，不行！

因为虽然酒店本身的卫生环境相当不错，然而周围的大环境不尽如人意，不远处就有不少的贫民窟，由于设施不完善，那里居民的生活污水往往直接排入河沟，最后流入大海。因此，海水的清洁度不能够保证。去洗海水浴可能会致病。所以，球员训练后还是要待在酒店，最多在酒店的泳池里放松放松。

看起来似乎有点“苛刻”了。但真的是“苛刻”吗？

中国的老子说：“天下难事，必作于易。天下大事，必作于细。”

惠普的创始人，美国的戴维·帕卡德说：“小事成就大事，细节成就完美。”

一东一西，两位智者都如此不谋而合于“小事”的重要性，难怪巴西世界杯中那些教练们执小事于“苛刻”而不悔了。

淤泥里滋养美丽莲花

▶ 文 / 林景逸

最可怕的敌人，就是没有坚强的信念。

——罗曼·罗兰

我的一位朋友，他没有零食和玩具的童年，唯有家中的几本小人书给了他许多迷恋和安慰。

后来他知道，小人书里面那些令人如痴如醉的故事，都是那些叫做“作家”的人写出来的。于是他小小的心里，就对“作家”这个词充满了一种敬慕，甚至是敬畏。

读书后，写作文写得最多的就是《我的理想》，每一次，他都毫不犹豫地写下“我的理想是成为一名作家。”

其实他根本不知道要成为一名作家需要怎样去努力，只是凭借着自己的理解刻苦地学习着，以为有了好成绩考上大学，就可以顺理成章地成为作家了。

然而命运，却像一只喜怒无常的兽，你不知道它隐藏在哪个暗角，突然跳出来狠狠地咬你一口。而这一口，有时足以令人致命。

16 岁那年，他在一场突如击来的爆炸事故中，眼睛和右手严重受伤，致使他被迫辍学。青春正在含苞，怀着开放吐蕊的梦，却一夜之间残遭摧毁。

当他在近乎绝望的生活漩涡中将要灭顶之时，他儿时的梦想跳出来，拥抱他。他默默地在漫无边际的长夜里，一笔一划歪歪斜斜地写下了心事。

偶尔，他也在朋友的鼓励之下，将涂写的一些文字按照一些报刊杂志上的地址寄过去。然而，寄出去的是希望，返回来的是死一般的沉寂。此后，命运对他愈发露出狰狞的一面，生活在他面前关上了一扇又一扇的门。没有工作机会，又不想成为家人的累赘，他就自己去蹬三轮，摆小摊儿。然而，在生活的重压之下，他唯一觉得安慰的是，他依然没有放下那一颗对文字的执着心。

白天，他在骄阳如火下炙烤，为了生活、为了那几张零钞。夜晚，他在月光如水下沉思人生，为了内心的安宁。

28 岁那年的一天，他永生难忘，他的一首只有几行字的小诗终于被一家杂志发表。十多年的期盼终于成真，他一遍遍地抚摸着那首已变成铅字的小诗，喜悦涨满了他的胸腔，甚至要喷薄欲出。

从此，他除了白日的生计之外，其他所有的热情都倾注在诗句之中。为了能够多写一点，每天的睡眠时间被他一减再减，常常一夜只能睡四个多小时。

按照惯常思维，这以后他就要“一发不可收拾”了。可事实上，从第一首小诗发表之后的整整半年，他一个字也没能再发表。他放下笔，回过头来咀嚼、反思，发现自己身处的这个时代，已经没有了诗歌生存的土壤。

八十年代时，现代诗是辉煌的。那时候，全民读诗，全民爱诗。每所大学甚至中学里，都有诗社；随便一场诗歌比赛，都能收到近百万份应征诗稿；一场大型诗歌朗诵会，比现在的“巨星”演唱会还激情四射；一个年轻人为给《诗刊》杂志投稿，背着自己的诗稿沿着铁轨从哈尔滨步行到北京，整整风餐露宿地走了一个月，仅仅是担心邮局会寄丢了自己视如生命的诗稿……

仅仅过去十多年时间，诗歌就没落灰黯了。有一首《中国，我的诗歌丢了》是这样写的：“既然诗歌不能带来GDP、不能评职称、不能带去面试、不能带来收入、不能讨恋人欢心、不能娱乐朋友、不能成为畅销书、不能证明才华……如此一无是处，那么还要诗做什么呢?”

现实虽如此，但他那颗放不下文字的心，仍旧继续写着，只是除了诗歌之外，他还写散文、写小说，写其他体裁的文字。在刻苦与时间的双重打磨之下，他的文字越来越有张力，越来越有深度，渐渐地，他的作品被一篇接一篇地发表出来。

2009年，他接到了中国作家协会的吸纳通知。这是他生命里值得纪念的事件之一，这标志着他成为了一名真正意义上的作家。这标志着他儿时的理想终于真正实现了！

在这个似乎已经不适合文学生存的社会之中，他仍旧创作着，写着一些自己认为还有价值，还有意义的文字。也许这些文字在某些人看来，或许并无太大价值，但他相信，任何人眼里的宝贝都不可能成为所有人的宝贝，能够行走在自认为有意义的生命方式中，也是一种幸运。

很多时候，我们向前不停地走着，不管风吹雨打，不顾霜刀雪剑，其实并没有太多的高尚，为的往往只是无愧自我的心灵。

在矮纸上思索，在笔尖上灵动。即使文字生存的空间已日渐逼仄，即使现实生活并非尽如人意，但淤泥是滋养美丽莲花的沃源。

所以继续一路前行吧，对得起自己的心就好。

从无力中奋起

▶ 文 / 林景逸

我们的生命是天赋的，我们惟有献出生命，才能得到生命。

——泰戈尔

一名河北姑娘的丈夫去新加坡打工，四个月没回来了，这次乘坐MH370航班回来探亲。河北姑娘做梦也想不到，自己的丈夫就这样与一架巨大的波音777飞机以及另外两百多人一起消失了，无影无踪，无声无息。

正当几十个国家联合起来搜寻都一无所获的时候，心急如焚的姑娘突然发现她丈夫的QQ还显示手机在线！

而另一名失联航班乘客的弟弟也发现哥哥的QQ头像是在线状态，他当场激动得叫了起来。

他赶紧发了个QQ信息过去："哥哥，发给我一个信息！"没有回音。

他再发："危险你就发我一个空白语音就可以！"仍没有回音。心急如焚的弟弟不甘心："一个逗号也行！"还是没有回音。

回答他的是永久的静默。

另外一名家属四次拨通过失联亲人的手机，却一直没有应答。

针对此情况，事后马航负责人表示，家属提供的两部可以拨通的电话确实属实，正在调动多方力量调查此事……

如今，航班已失联十多天，已有26个国家参与搜寻，启动海、陆、空、卫星等等全方位搜索。然而，仍旧一无所获。载有二百多人的MH370，犹如一缕轻烟，从人间蒸发。

面对家属们的眼泪与焦灼，面对无数人的企盼与等待，我们发现，原来很多时候，人类是如此无助，如此无力。

这种无力感，我也曾不止一次体会过。

还清晰地记得2004年12月26日的印度洋海啸。那时全世界的人们还沉浸在刚刚过去的浓浓圣诞气氛之中，对即将到来的灭顶之灾毫无知觉。

那时我在一家香港公司任职，公司里每天都会有香港报刊，香港报刊的特点就是彩色、竖排繁体字、图文并茂。看着报纸上那一幅幅令人触目惊心、不忍卒看的凄惨照片，觉得眩晕，甚至不敢相信在真实世界中真有如此惨绝人寰的一幕。

然而，无情的数字告诉我，这是真的——大海啸已经导致29.2万人遇难，其中三分之一是儿童。事实上，真正遇难人数更多，因为许多人被卷入海底失踪，这部分人无法确切统计。

当我们单看这数十万的冰冷数字时，可能震撼的感觉没有那样强烈。但若你想到，当数十万个有血有肉的人站在你面前，他们前一秒钟还在有

泪有笑，后一秒钟就成了一具具毫无知觉的尸体，那种感觉，用“震撼”二字不足以表述！

尤其是这数十万死者当中，三分之一是儿童！报纸上刊出的图片中，一排排孩子的遗体就那样静静地躺在那里，静静地闭着眼睛，他们稚嫩的脸上带着对这个世界的依恋和迷茫。其中有一张照片让我泪湿眼眶，那是一个大约只有几个月大的婴儿，卷曲的头发、胖胖的小脸蛋，闭着眼睛，任年轻的母亲仰天哀嚎，婴孩也无法再睁开眼睛看一眼悲痛欲绝的母亲。

海啸过后，靠近岸边的水中，在凌乱的垃圾中，漂浮着数不清的发黑的遗体。就在数天之前，他们都还是一个个鲜活饱满的生命……

这个时候，我的内心就会升起一种深重的无力感，一种似乎用语言难以描述的无力感。

是的，就是这三个字——无力感。

四年后的汶川地震，我体会到一种更加深重而沉痛的无力感。在一张张地震现场照片面前，我屏住内心的泪意。然而，当我看到两张照片时，我的两行泪再也控制不住地夺眶而出。

其中一张照片是一个父亲抱着一个用军大衣裹起来的小小尸体，那是他 9 岁的儿子。他的孩子被埋在完全倒塌的学校废墟中，逃过劫难但已经受伤的父亲自愿参加到救援队伍中，经过两天两夜的奋力挖掘，父亲的双手已血肉模糊，他终于发现了自己儿子。他坚持自己把孩子抱上运尸车，他踉踉跄跄地抱着自己的孩子泪如雨下，他用尽全身力气大喊一声：“儿啊，爸爸最后再抱你这一回！”

另一幅照片：近百张孩子遗像，遗像里的一张张小脸都那样的生机勃勃。遗像旁边排列着沾满尘土的书包……我扭头不忍再看——那书包里面有两个粉红色的米老鼠书包，与我女儿芮芮现在背的书包一模一样。我的女儿在快乐幸福地生活着，而这些孩子，却永远痛苦地离开了这个世界。

同为人母，我无法想象骤然失去孩子的母亲，该如何去面对这个现实？

泪水，一次又一次模糊了我的双眼。

还有那些满眼的废墟，以及废墟下埋着的可能永远也不能挖出来的生命，让我的内心感受到一种无以描述的无力感。

我们曾经“豪迈”地宣称，我们无所不能，我们战天斗地，我们敢教日月换新天！

事实上，真的是这样吗？

前几年，香港报纸用特大号标题在头版惊呼：“发现火蚁入侵，民众多加警惕！”火蚁是蚂蚁的一种，体型比蚊子略小，但人被其叮咬后会如火烧般疼痛，也会出现像火烫过的水泡，所以得名“火蚁”。火蚁毒液中的毒蛋白会造成人产生过敏而有休克甚至死亡的危险。

小小火蚁，就把人吓至如此，人的脆弱也可见一斑。

尤其在天灾面前、在自然面前，人是无力的、是渺小的，更是脆弱得不堪一击。

事实上，人不过是地球上一种相对较有优势的一个物种而已。在浩瀚无垠的宇宙中，地球不过是一粒微尘。上学时我们从课本上知道，太阳相当于130万个地球那么大，太阳相当于33万个地球那么重。当时我们都惊讶极了，觉得世上再也没有比太阳更大的东西了。后来才知道，太阳在宇宙中也不过是一粒尘埃。人类探索的脚步虽然已伸至月球，但迄今为止，仍未在地球之外找到同类。

用一种拔高的视线去看，人与人之间、乃至种族与种族之间、国与国之间的纷争、倾轧、矛盾等等，其实都渺如一缕过眼烟云。然而，这种纷争与屠戮却从未停止过。不算难以计数的其他战争，仅两次世界大战就使8000多万生命永远消失，伤残人数无法统计。

直至如今，世界仍不太平，还有流血、仇恨、子弹、炮火、死亡、泪水……

好在，人类在进步，人性在反思。此次，MH370失联之后，各国互相信任、互帮互助、同舟共济，表现出了国际主义及人道主义精神。

在吉隆坡国际机场，“请你们快回来，MH370！”“Keep our faith(信念永存)”“Nous vous attendons(等你们)”……多国语言汇成了声声祝福，祈祷失联客机平安回家。中文、英文、法文、德文、马来西亚文、阿拉伯文……机场一面墙上挂着三幅巨大的白幕，上面密密麻麻写满了各国文字，那是来自各国的普通乘客最真诚的祈愿！

同胞生死未卜，我们无力而伤痛。

然而，来自不同语言、不同种族、不同国家的人们那真诚的温暖，让我们从无力中奋起，化悲痛为力量，继续直面、继续努力、继续期待！

第五辑

Chapter Five

帮助他人就是强大自己

▶ 文 / 李克红

> **世界上能为别人减轻负担的都不是庸庸碌碌之徒。**
>
> ——狄更斯

在美国的俄亥俄州，有一座名叫朗德的繁华小镇，那里以生产和经营棉纱闻名。有一位十来岁的小男孩，他的父母就在街上开着一家商店，出售棉纱。

有一天，小男孩和伙伴们一起到小镇的郊外玩耍，那些小伙伴的父母也和小男孩的父母一样，在镇上经营棉纱。他们在路边看见一个中年男子站在一辆人力小货车边，愁眉紧锁，非常焦虑的样子。别的小朋友都像是没有看见一样，从他身边跑了过去，只有小男孩停了下来，他问那位中年男子说："你是不是遇到了什么麻烦事？我能帮你什么吗？"

"非常感谢你的热心，但是你帮不了我！因为我的这辆车子，轮胎漏气了！"中年男子朝轮胎上指了指说，"你看，它已经完全瘪了！"

“就是这点问题吗？那太简单了！”小男孩说，“我家里就有修补轮胎的工具，你在这里等着，我回去帮你拿！”

小男孩的小伙伴们，都叫他别理那些事，赶紧和他们一起去玩游戏，但是小男孩拒绝了。“我必须要帮助他！”他说。

小男孩用最快的速度赶回家，拿来那些修补轮胎的工具，中年男子非常感激，一边修补着轮胎一边和小男孩聊起了天。“你的父母是做什么工作的？”他问。

“他们都在镇子上经营棉纱！”小男孩回答。

中年男子一听，兴奋地说：“太好了，你带我去你家的商店吧！”

原来，这位男子是附近小镇上一家私人作坊的老板，他来这里正是为了采购棉纱的！因为小男孩的热心，中年男子不仅从他家的商店里买去了大量的棉纱，而且还建立了长期合作的业务！

从那时起，小男孩感悟到了一个道理：帮助别人，就等于是在帮助自己！长大以后，小男孩投入了商场，就在那个帮人等于帮自己的做人与从商理念中，他的生意越做越大，名望也越来越高。

转眼到了第二次世界大战结束，盟国决定在纽约成立一个处理世界事务的联合国，可是联合国该设在什么地方，一时间成了一个颇费周折的问题，按理说，联合国的地点应该设在一座特别繁华的城市，可是在任何一座繁华城市建立联合国总部都需要大量的土地来建造楼房，而这将花费大量的资金，可是刚刚成立的联合国却没有能力支持这笔巨大的款项。

正在各国首脑们商量来商量去的时候，当初的那位小男孩知道后，立即拿出 870 万美元购买了一块土地，同时，他也买下了这块土地周围的全部土地。在人们惊讶的目光中，他把这块价值 870 万美元的土地无偿捐给了联合国，联合国大厦建成后，周围的土地价格立即飙升数倍，没有人能算出他在经营这片土地中，究竟赚了多少个 870 万！但所有人都从这件事情上，明白了一个道理：予人有利，自己有利！

当初的那位小男孩，就是美国著名财团洛克菲勒家庭的创始人：约翰·洛克菲勒！洛克菲勒在这一生的时间里，直接向他人和社会捐献了 10 亿美元，办了无数的公益性学校和医院，而在帮助他人和社会的同时，更是获得了更多来自他人和社会的回报，多年来，两者相辅相成，这也不能不说是洛克菲勒家族百年不倒的原因之一！

“别人得到的并非就是我们自己所失去的，我们今天在某件事情上帮助了别人，而明天在另一件事情上，我们也能获得别人的帮助！”洛克菲勒曾经不止一次地对他的子孙们说：“帮助别人，就是强大自己！”

站在花瓣中间演奏

文 / 李克红

人生的道路都是由心来描绘的。所以，无论自己处于多么严酷的境遇之中，心头都不应为悲观的思想所萦绕。

——稻盛和夫

弗朗茨·舒伯特是19世纪奥地利最伟大的作曲家，也是古典主义音乐的最后一位巨匠。不到30岁，舒伯特就创作出了近1000件作品，其中有600多首歌曲、18部歌剧、歌唱剧和配剧音乐，10部交响曲、19首弦乐四重奏、22首钢琴奏鸣曲、4首小提琴奏鸣曲。

很多人奇怪，舒伯特怎么能创作出这么多优秀的音乐呢？一次演出，舒伯特正在舞台上演奏小提琴，有个小姑娘拿着一串用鲜花串起来的项链跑上了舞台，她示意舒伯特弯下腰，然后把鲜花项链挂在了他的脖子上。

演出接着进行，随着舒伯特全神贯注地演奏，他脖子上的花瓣开始一瓣瓣掉落。演出结束时，几乎所有的花瓣都掉落在了地上，舒伯特的脖子上只剩下一根白色的绳子。

幕布拉下后，舒伯特的助手很快走过来说：“这是一件多么荒诞的事情，一个伟大的音乐家脖子上居然挂着一根白色的绳子在演出！”说着，就伸出手想要帮舒伯特摘去那根绳子。舒伯特却反问助手：“难道你只看见我脖子上挂着一根白色的绳子，却完全没注意到刚才我一直都站在花瓣的中间演奏吗？”

“这……”助手呆住了。舒伯特接着说：“很多人都想知道我为什么能写出那么多曲子，那是因为我有一种积极的心态，这种心态是创造一切的力量！生活中的一切对我来说都是美好的，所以我的生命里没有忧愁和顾虑，没有担心和害怕，因此我就可以拥有更多时间和精力去创作！就像刚才，我能站在花瓣中间演奏，这是一件多么美好的事情啊！”

的确，积极、美好的心态是创造一切的源泉和力量。当我们遭遇挫折的时候，不妨换一个角度去看世界，也许你就会发现那些属于自己的、散落在地上的美丽花瓣！

勇于一试

▶ 文 / 李克红

喷泉的高度不会超过它的源头，一个人的事业也是这样，他的成就绝不会超过自己的信念。

—— 林肯

他出生于台北的一个教师家庭，虽然如此，他的学习成绩却一直不太好。他热衷的似乎只有音乐，他对音乐有着独特的敏感。在他很小的时候，一听到音乐就会随着节奏兴奋地摇晃。有一次母亲带他上街，他摸了摸小玩具摊上的一架小电子琴，竟然在没有任何人教的情况下弹奏出了“哆来咪发唆拉西哆”。他的母亲惊喜地发现他在音乐方面似乎真的很有天赋，于是毫不犹豫地拿出家里所有的积蓄，给他买了一架钢琴。

上学后，他的学习状况一直都不尽如人意。初中毕业时，一所私立中学开办了第一届音乐班。他得知这个消息后怀着试试看的心情去参加了考试，在钢琴演奏考试上，他一上场就把他的音乐天赋刻老师们心上，一个

十多岁的孩子已经拥有了远远超越他实际年龄的即兴演奏能力。一支庄严肃穆的音乐，他却能以一种流行音乐的风格重新演绎出来，他被录取了。

到高中毕业的时候，他没有考上大学。最后只能在父母的帮助下在一家酒店里做起了传菜生。有一次，老板为了提高餐厅档次，决定在大堂放一架钢琴，但连续尝试了几个琴师都不满意，而这位传菜生走到老板旁边说："让我试一试吧！"老板同意了他的请求，给了他一个机会。那一次，他的琴声震惊了所有的同事，包括他的老板，老板拍着他的后背说：今后你就在这个岗位上工作吧！

那时台湾娱乐节目主持人吴宗宪的节目《超猛新人王》非常火爆，1997 年 9 月，他怀着试试看的心情报了名，在演出弹奏钢琴的时候，主持人吴宗宪惊奇地发现这个一直连头也没敢抬的小伙子是一个对音乐很认真而且很有音乐才华的人，于是把他请到了自己的唱片公司，担任音乐制作助理。

作为唱片制作助理，他在那间 7 平方米的隔音间里开始了自己的创作生涯，两年下来他写出来的歌倒是不少，但曲风怪异，没有一个歌手愿意接受。就在吴宗宪心中萌生出要把他辞退掉的想法时，他来到吴宗宪的办公室说："如果我可以在 10 天之内拿出 50 首新歌，请你从里面挑出 10 首为我做成专辑。既然没有人喜欢唱我的歌，那就让我自己来唱吧！"10 天之后，他安安静静地拿出 50 首歌，于是在流行乐坛就多了一张风靡港台和大陆的专辑——《JAY》，从这张专辑开始，他便一发不可收拾。

今天，他已经成为了华语乐坛上一颗极具魅力的超实力天王巨星！没错，他就是周杰伦。纵观周杰伦的成功之路，从报考音乐班到弹奏酒店的钢琴；从参加"超猛新人王"到自已出专辑，每一步都是一个机会，而他之所以能拥有一次又一次的机会，正是由于他那种敢于一试的勇气。

用纸张雕刻人生

文 / 古儿

人只有献身于社会，才能找出那短暂而有风险的生命的意义。

——爱因斯坦

卡尔文·尼科尔斯出生在加拿大多伦多市的一个工人家庭，他的爸爸是一个出租车司机，母亲则在百货商店里做营业员。

卡尔文原本和所有人一样，拥有着顽皮而快乐的童年，然而在他 8 岁的时候，一次突然的车祸夺去了他的双腿，医生告诉他的父母说："他以后都要在轮椅上过日子了！"

出院以后，卡尔文的生活顿时失去了光彩，他甚至有意避开了那些小伙伴，因为他们都蹦蹦跳跳非常开心，而他却只能坐在轮椅上。上学以后，卡尔文也很少和同学们一起玩，而且有不少同学还经常欺负他，他在变得越来越郁郁寡欢的同时，也开始慢慢地学会了欣赏艺术，包括美术、音乐，甚至是雕刻。他觉得，只有艺术对待任何人才是公平的！

有一天，学校里组织孩子们去参观一个雕塑艺术展，卡尔文也兴高采烈地摇着轮椅跟了去，他正沉浸在欣赏艺术的喜悦中时，一位高年级的同学侮辱他说："你来凑什么热闹呢？你完全不可能从事雕刻，这么重的石头，你能搬得动吗？"

同学们顿时哈哈地笑了起来，卡尔文沮丧地离开了。当天回到家里以后，卡尔文把自己一个人锁进了房间，他不断地哭，责怪命运对自己的不公，他伤心地用笔在作业本上乱画，纸被割得支离破碎的同时，也呈现出了某种抽象的艺术美感。酷爱艺术的卡尔文看着眼前的纸，忍不住想："这纸被我乱画了一番，竟然有了一种艺术美感，既然我不能从事石雕，为什么不能尝试纸雕呢？"

无论石雕还是纸雕，都得先从绘画开始。从此以后，卡尔文再也不觉得孤单了，他在上课的时候认真读书，其余的时间都用来学习绘画和纸雕。创作纸雕塑，纸的厚度十分重要，太薄了容易弯曲变形，太厚了又不易表现出一些细节。他不断地摸索着每一种厚度的纸张，以及它们各自不同的作用。终于，经过几百次的失败之后，卡尔文终于用纸雕出了一只飞翔的老鹰！

这个作品形态逼真，立体感丰富，卡尔文觉得它就像是载着自己的梦想在高空中翱翔。他开心地把这个作品带到了学校里，所有的老师和同学都不敢相信它是用纸片雕出来的。在所有老师和同学都为他献出掌声的时候，一家艺术展览馆也注意到了他，邀请他把自己的作品放到展览馆参展！

卡尔文没有因此而自满自足，相反，他更加努力地投入到了纸雕中去，中学毕业后，卡尔文在多伦多成立了一家自己的纸雕工作室，专门从事纸雕创作。每当一幅新的作品诞生，他就用灯光重点强化作品的主要元素和纹路，这样一来，他的作品更加有内涵了，拍卖出来的价格也越来越高！

随着将近20年的努力，现在，卡尔文已经成为了意大利最为著名的艺术家之一。2011年6月，意大利最大的卡迪里阿诺艺术展览馆将他的11件作品收藏了进去。那些纸雕作品有正在飞翔的老鹰、有栩栩如生的蜥蜴、有怀抱幼子的母猩猩，它的眼睛柔情似水，还有一只大眼青蛙，它的眼睛呼之欲出……

也难怪，当卡迪里阿诺艺术展览馆的负责人、意大利著名雕刻师安杰洛·路易吉在见了他的作品之后，也大为惊叹地说："这是伟大和不平凡的，卡尔文居然用纸张雕刻出了自己的精彩人生！

打铁也是脑力活

▶ 文 / 古儿

生命里最重要的事情是要有个远大的目标，并借才能与坚毅来达成它。

——约翰·渥夫甘·冯·歌德

28年前，一位小伙子大学毕业后回到家乡广州郊区，他的父亲经营着一家小小的打铁铺。小伙子看着父亲年岁增大，对打铁已经力不从心，便决定从父亲肩上接过这间打铁铺。一个大学生回来学打铁，这让父亲既觉得欣慰，又替儿子可惜，他对儿子说："你进城里去找份好工作吧，不要在家里做打铁这种体力活！"

小伙子却说："其实打铁也是一件脑力活，正因为你一直把打铁看成是简单的体力活，所以你经营了20多年的打铁铺，一直没有什么变化！"一个大学毕业生，不怕辛苦学打铁，手磨破了皮也不皱一下眉头。终于，小伙子的打铁手艺越来越好。但是，手艺好并不是小伙子唯一的追求，他心中所想的却是做任何事情都必须考虑长远。小伙子想用好手艺招一大帮徒弟一起打铁，把产品卖向更广阔的市场。

第二年，小伙子招来了两位学徒。有一天，小伙子拿着一些精巧的铁器去外面推销，结识了五金厂的推销员，他无意中发现，五金行业比打铁的效率更快也更有市场！于是他说服父亲，花 7000 元钱买回了 3 台机床，实现了由打铁铺到五金厂的“华丽转身”。

创业初期，小伙子既是老板又是工人，一天到晚不是扑在工厂里抓生产，就是在外面联系业务。经过五六年的努力，小伙子的五金厂开始为人所知。然而，小伙子深知，要把企业做大，绝不是靠成天努力工作和奔波就可以实现的，还需要核心技术。就在那段时间，日本东芝公司来中国开拓新市场，小伙子听说后，主动找上门去寻求合作。

结果，他争取到了一个合作项目。

就这样，他从小订单做起，一直合作下去。

一招“借力登高”，小伙子只用了几年时间就把一个小厂打造成了一家在广州小有名气的五金电器企业。那时候，有许多亲戚朋友都来找他“安排工作”，但是小伙子却摒弃了“家族企业家庭管理”的惯例，不是人才坚决不用，宁可花巨资到全国去物色人才。因此，他很快就建立了自己的人才库，并且自主研发了一系列核心技术。

现在，小伙子从父亲肩上接过来的打铁铺，已经成为享有“中国制造业 500 强”、“中国机械工业 100 强”等称号的大企业，它就是华南地区输配变电领域的龙头老大——白云电气集团。而当初的那位小伙子，就是白云电气的现任总经理胡明聪，他的个人财富更是在过去的两年里连续排进胡润中国富豪榜百名之内！

从胡明聪学打铁的经历不难看出，世界上没有一件事情是真正意义上的体力活，只要记住这个原则，那么干任何一份看似简单的工作都有可能成功！

温水青蛙之惑

▶ 文 / 古儿

蚜虫吃青草，锈吃铁，虚伪吃灵魂。

——俄罗斯谚语

在许多书籍和期刊上都看到过一个“温水青蛙”的实验：美国康奈尔大学的人把一只青蛙丢进烧沸的大油锅里（有的版本是说大水锅），青蛙在生死关头会用尽全力跳出大锅安然逃生。而把青蛙放在冷水锅里，然后在锅底用炭火慢慢加热，青蛙居然开始享受“温暖”，当水温到达它熬受不住想跳出时，一切已为时太晚，最终这只青蛙葬身在铁锅里面。

这个“实验”用来说明这样一个道理：重压之下的人往往能发挥潜能，逃离厄运，而功成名就、志得意满的人，却往往会醉死蜜中！

寓意很深刻，但我不禁想问，这个实验到底可不可靠呢？我几乎不需要任何专业学识，仅凭着我在乡下 40 年的生活经验，就可以断定把一只青蛙抛入一锅沸水里的那一瞬间，这只青蛙会立刻一命呜呼。青蛙的皮肉是非常嫩的，在碰到沸水后，瞬间它就熟了一半了，如果是沸油，那更是不用多加揣测了，它不仅会立刻毙命，而且四肢等纤瘦处还会立刻炸硬炸脆，根本不可能跳出锅子。至于把青蛙放在一大锅凉水里再点火加温导致它慢慢地死去这一说法，则更是荒诞不经，经不起推敲。

青蛙是一种非常排外的动物，它并不喜欢与人类共同相处。它不像家养的宠物，把它放到哪里都行。可以这么说，你把一只青蛙放入一锅水里，无论锅中是热水还是温水、凉水，只要你一放手，它都会立刻跳离，因为它对“锅子”这个陌生的环境并没有安全感，它是不可能停留在锅中等着你再去点火加温的。好吧，就算这只青蛙特别愚钝，没有跳离，你也顺利点了火，给水加温，但请注意，青蛙是一种体温调节能力极差的变温动物。它们冬天怕冷，夏天怕热，所以冬天要挖洞冬眠，夏天则喜欢蛰伏在草丛里。说白了，青蛙就是一种既怕冷又怕热的动物，就连暴晒在太阳下的水田、水塘都会让青蛙觉得不适。所以，一旦把锅子里的水加温到38摄氏度以上，青蛙就会立刻因为觉得不适而跳离，它是无论如何也不会等到自己被煮熟了之后才想到要跳离的。这是一个不需要思考的本能，就像人渴了会去找水喝，而不是等到渴死了以后才想到要喝水。

所以，这个温水青蛙的实验只有一个结局，而且刚好与这个普遍流传的实验相反，扔进沸水中的青蛙会马上就死，而慢慢加热的青蛙是不会被烫死的。由此，我们不难得出一个结论，这个所谓的实验根本就是不存在的，是虚构的，是一些写作者、论教者杜撰起来的。放眼看去，现在这类“实验”简直已经到了铺天盖地的地步，而且往往以“感悟”“哲理”自居。例如有的说剔除了某条毛毛虫的嗅觉神经，结果这条毛毛虫找不到食物饿死了，其他的也全饿死了；有的说把一只领头羊的眼睛蒙住，结果这只领头羊找不到草吃，其他的羊也就找不到草吃了。事实上是怎么样的呢？领头羊找不到草，其他的羊在短时间内可能会忍受一下，但是很快就会分散开去自己找草吃。这也就是为什么牧民在放羊的时候要骑在马上紧紧跟随了，因为一个不小心羊群就会走散。

可能有人会说，这个实验只是用来说明一个道理的，你又何必太斤斤计较这个实验的真实性呢？对，前面说了这么多，而这正是我重点想要说的！眼下，铺天盖地的“感悟”“哲理”文章中虽然不乏精品，但不可忽略的是，还有很大一部分，就是用这类靠自己想象出来的荒谬的实验来说事。这些荒谬的实验往往有两种结果，一是贻笑大方，二是误人子弟。我想引用一下作家李兴海说过的一句话：“写作者是有责任的”，我觉得很有道理。写作者为了要说明一个道理，通过自己熟悉的自然现象、生物行为等特征来阐述一个道理，这本身并没有什么可反驳的。但是靠合理想象，虚构一些并不可能发生的事情，并且胡乱以“XX大学的实验”为名，以提高自己这个虚构实验的“权威性”，这是一种非常不负责任的做法。

坚守属于自己的美丽

文 / 陈亦权

忍耐和坚持虽是痛苦的事情，但却能渐渐地为你带来好处。

——奥维德

玛丽昂 · 歌迪亚是法国的著名影星，她的父母都是舞台剧演员。从小在父母的熏陶中成长起来的歌迪亚，对表演情有独钟。

18 岁的时候，歌迪亚想要进入巴黎戏剧学院读书。但她的母亲认为她长得并不美丽，根本无法成为一名出众的演员。或许作歌手还勉强可以！歌迪亚并不认同母亲的话，她说："我不管别人眼中的美丽是怎么样的，但我也有我自己的美丽！"

父母终究拗不过她，就把她送到了巴黎戏剧学院。歌迪亚在那里如鱼得水，一门心思地投入学习，有时候，同学们在一起谈天说地，开心地笑着，她却突然毫无征兆地流下了眼泪；有时候，她正因为什么事情生着气，却又会突然笑起来。同学们还以为她的压力太大，而实际上她是在练习控制自己的情绪——一个好演员必须会控制自己的情绪！

虽然歌迪亚非常勤奋，表演的实力一天好过一天，但因为长得不出众，总是没有机会向人展示自己的才华。大学毕业后，很长一段时间都没有人请歌迪亚拍戏，闲不住的她就去演舞台剧，那样也能在实践中积累到更多的经验。

好运总是属于勤奋的人。有一次，歌迪亚在一家剧院里的精彩表演被大导演吕克·贝松夫妇看中，就把她邀请到《的士速递》一片中出演女主角。歌迪亚在这部电影中的激情表演，不仅获得了观众的肯定，而且公映票房也获得了空前的成功，歌迪亚渐渐开始为广大观众所熟悉起来。

2004 年，法国名导让·皮埃尔·热内找到歌迪亚，请她出演《漫长的婚约》中一个只有十分钟戏份的配角，戏份虽少，但却是一个主要人物。因为这个角色本来是为法国美女影星苏菲·玛索的客串而量身打造的，但苏菲·玛索临时有事推掉了这次演出。于是皮埃尔就打算把这个机会给歌迪亚，但同时也对歌迪亚提出了很多条件，她额头上的那颗痣一定要想办法盖掉，而且尽量别把嘴角的酒窝展露出来，否则根本演不出苏菲·玛索的那种美感。歌迪亚听了之后说："为什么一定要演出她的风格来呢？如果非要这样，我宁可放弃这次机会，因为我有我自己的美丽！"

没想到，歌迪亚的这股子韧劲竟然打动了皮埃尔，他撤销了对歌迪亚的那些苛刻要求。最终，歌迪亚发挥出最好的演技，在十分钟的戏份里，将一位"复仇的寡妇"演绎得淋漓尽致。她的表演不仅使影片获得极高的票房、连获了好几个大奖，歌迪亚本人也凭此而赢得了凯撒最佳女配角奖。

一个十分钟的坚守，成了歌迪亚迈向国际的转折点，《大鱼》《的士速递3》、《黑盒玄疑》等一系列的影片频频向她发来邀请，歌迪亚以其独树一帜的演艺风格让法国影视界为之倾倒。2008年，法国新锐导演奥利维埃·达汉请歌迪亚出演《玫瑰人生》，让她饰演从20岁到47岁的“香颂女王”皮亚芙。无数好友建议歌迪亚要演好这个角色，就一定要向苏菲·玛索、朱丽叶·比诺什以及中国的张曼玉等众多实力派美女影星学习，并且演出她们的那种风格来。但歌迪亚却依旧是那一句：“我一定会演好这个角色，但我也一定要塑造出属于自己的美丽！”

为了演好这个角色，她推掉了《的士速递4》的演出。一门心思用来思考如何演好这个角色，特别是在演47岁的皮亚芙时，她不仅需要整日戴一顶假头套，还要不断地思考腰究竟弯到怎样的角度。既让人无法觉察，又能把自己1.69米的身材蜷缩进皮亚芙1.47米的躯壳里。如何控制上齿和上唇的距离，才能表现出皮亚芙的笑容。歌迪亚用独特的自我风格和无可挑剔的表演，把一个多面性的、真实的香颂女王呈现得淋漓尽致！功夫不负有心人，《玫瑰人生》在法国上映后，荣登法国票房冠军，并被选为当年的柏林电影节开幕片。

事实证明，歌迪亚的演出是令人激赏的，她的美丽是让人心动的！之后的两年里，歌迪亚又拍摄了《最后一次飞行》《时隔6年再次与男友》《九》《公众之敌》以及最新的《盗梦空间》等电影。并凭借在这些影片中的表演，先后为自己争取到了二十多项女主角大奖。成了一颗闪耀着绚烂光芒的世界巨星！在前不久的巴黎《盗梦空间》全球首映礼上，歌迪亚这样阐述自己对美的理解：“每个人都有自己美，真正的美从不需要刻意去寻觅和模仿，坚守自己，就是最真的美丽！”

事情不会都如你所想

▶ 文 / 尔东

无论什么时候，不管遇到什么情况，我绝不允许自己有一点点灰心丧气。

——爱迪生

罗德里格斯是巴西的一位当红的摇滚歌手，他在巴西拥有超过两千万的歌迷。相对于巴西 1.7 亿的人口来说，几乎是每 10 个人里面就有 1.2 个歌迷。

也正因此，罗德里格斯走到哪儿都是歌迷簇拥。因为歌迷众多，再加上他的激情摇滚乐，所以罗德里格斯每次表演时，都能让现场沸腾。在那种氛围中，罗德里格斯经常会从舞台上跳入人群中，他的歌迷都会合力将他接住，然后举着他的身体向后传递，直至把他送回到舞台上。出道 10 多年来，罗德里格斯已经这样跳过 30 多次的台，每次，他都能凭此为现场营造疯狂气氛，增强表演效果。

不久前的一天，罗德里格斯来到沙佩科市举办的一场户外摇滚演唱会。当红摇滚歌手所到之处，无不人潮翻涌，数千名歌迷争相来这里观看他的表演。罗德里格斯的精彩表演让现场高潮迭起，欢呼不断，唱到兴起时，罗德里格斯又想起了他那从未失过手的“跳台”。他先是带领歌迷高高的挥舞双臂，然后向前冲了两步，纵身跃入密密麻麻的歌迷群中。

可是，罗德里格斯万万没有想到，这一次他失策了！在台下狂舞的歌迷不仅没有合力接住他，反而还像事先商量好似的闪出一条人缝，这样一来，罗德里格斯刚好从这条人缝中间重重地摔到了地上。当他落在地上后，甚至连一个扶他的人都没有！

所幸的是这次的露天演唱会在一个空旷的草地上进行，罗德里格斯落到草地上后，身体并没有因此而造成什么大碍，他很快重新站立起来，顺着人群给他腾出的通道自行回到台上。罗德里格斯虽然没有因此而受伤，但他的自尊心却受到了一次着着实实的伤害。演唱会结束后，罗德里格斯自嘲地对同伴们说：“我是过于自信了，我以为这一次他们也会像平时一样接住我的，现在我终于明白了，事情不会都如我所想的那样！”

实践催生经验，经验催生自信。对于一位拥有无数次成功跳台经历的当红歌手来说，在这一次跳台之前，他的经验和自信告诉他，歌迷们一定会把他接住并且送回舞台。所以他才毫无顾忌地从舞台上跳了下去，但遗憾的是他的歌迷们并没有像平时一样接住他！

失败并不都是因为某个人缺乏经验和自信，相反，在很多时候，我们的失败正是因为我们拥有太多的经验和自信。道理很简单，因为不是所有的事情都会如你所想！

意大利人的“另类迟到”

▶ 文 / 陈之杂

只有变通，只有切合实际的行动，才能适应这个变化万千的世界。

——石悦

我跟随妈妈一起旅居到意大利的米兰市，妈妈在一家证券公司里上班，而我则进入了比可卡中学读书。

有一天放学后，妈妈兴奋地告诉我，今天有好几位意大利同事要来我家尝中国菜。妈妈打开客厅里的电视，又摆上零食和水果，然后进厨房开始忙碌。我的复习功课也不多，就跟着妈妈做助手。母女俩齐动手，好不容易忙活了半桌菜，可是客人们却一个也没有来。妈妈皱着眉说：“说好6点30开饭的啊现在都6点钟了，怎么还是一个都没有来呢？”

我虽然还只是一个16岁的中学生，但交往礼仪多多少少还是懂一点的。例如我们要去某个亲朋好友家吃饭，一定要提早一些到，而且最好还要帮着对方主人一起洗洗菜端端盘，这样才算是有礼貌啊！妈妈也觉得我的话有道理，她想了想说，不管怎么样先把菜烧完。

因为厨具不太符合妈妈平时的习惯，所以烧菜的速度也慢了许多，一直到了6点40分，才算把一整桌菜烧好了。可直到这时仍旧没有一个客人到来，妈妈掏出手机来刚想打电话，门铃就在这时候响了，妈妈连忙去开门——第一位客人到了，其余的客人也在之后的几分钟内先后到来。虽然迟到了几分钟，但毕竟都来了，妈妈也就没有太“责怪”他们，大家开始津津有味地尝起了妈妈烧的中国菜！

经过这件事情，我和妈妈都觉得这个被称为礼仪之国的意大利，其实并不太懂得礼仪。本来，这事儿过去也就过去了，也没有其他什么特别深的印象或者感触。但前不久的一次经历，终于让我明白了意大利人为什么要“迟到”了！

那天，妈妈的一位女同事从郊区的一个农场带回了许多新鲜蔬菜，就请了几位同事去她家分享。当然，妈妈和我也受到了邀请。妈妈驾车接我放学后就去接也住在附近的另一位同事布兰登，准备和她一同前往。她一听说现在就去那位同事家，说：“不，到6点40分我们再去敲门吧！”

妈妈不解地问：“说好是6点30分，那不是迟到了吗？我觉得我们应该提早一些去，陪她聊聊天也行，帮着她做一些事情也行！”

布兰登听了妈妈的话后，惊讶地说：“天哪！你不仅要早一点去，还要去帮他做事情？不，我们应该注意礼貌！”看我们一脸困惑的样子，她接着告诉我们，在意大利有人请你去家里吃饭，如果去早了，主人还在忙着烧菜，而你却坐在电视机前无所事事，这样会让对方觉得没有把你招待好。她甚至没有陪你聊聊天，只能让你坐着等吃；至于走进厨房去帮忙，那更是不行，因为那样会让对方感觉到你对她的劳动有某些不满，所以你

才要亲自动手做事。所以，适当地迟到几分钟才是最好的礼貌！

我和妈妈这时才意识到，原来“适时的迟到”在意大利是一种礼仪文化。虽然与我们传统的礼仪有些出入，但仔细想想，其实也是挺人性化的！妈妈开玩笑地对我说：“看来礼仪的表达方式还是有明显‘国界’的啊，不过虽然如此，我们也只需要适应并且融入就行了。平时交往中只需要多站在对方的立场多想一想，‘国界’就自然化解了，千万不能再像上次一样在心里暗暗地责怪她们太没有礼貌了。回到国内的话是没有必要刻意学习或者模仿的，毕竟我们也有我们传统的礼仪表达方式嘛！”

妈妈驾着车带着我们兜了很久的风，直到 6 点 38 分才来到那位请客的同事家门口。那时，门口已经有好几位同事了。我知道，她们都是要等到 6 点 40 分才去按响门铃……

追求生命之美

▶ 文 / 木又

向着某一天终于要达到的那个终极目标迈步还不够，还要把每一步骤看成目标，使它作为步骤而起作用。

——歌德

托马斯·特朗斯特罗默1931年出生于瑞典的一个“文化之家”。父亲是记者，母亲是教师，但那个年代的文化人都没有什么社会地位，更无法创造什么优越的生活条件。所以托马斯的父母经常告诉他，长大以后要做一个成功的商人，只有赚大钱才能得到尊重与认可。托马斯也机械地为此而努力读着书。上中学时，他在一个早晨无意中听一位老师在学校的花园里朗诵诗歌，不禁听得入了迷。在那一瞬间他意识到，自己真正喜欢的并不是赚大钱，而是诗歌。此后，托马斯经常到图书馆借阅文学书籍，而诗歌是他的最爱。同时，托马斯开始写诗，渴望自己也能成为诗人。

托马斯高中毕业后，父母让他去读经济或者政治，可他却瞒着父母进入斯德哥尔摩大学学习历史、宗教、文学和心理学，托马斯觉得只有学习这些才能打好坚实的诗歌基础。

大学毕业后，托马斯到韦斯特罗斯的青少年拘留所做心理辅导员，在工作之余，他旅行和写诗，不仅用诗歌表现生活中的美丽，还用诗歌为社会寻求公平。可托马斯的妻子却认为，他的诗歌对现实的家庭生活几乎毫无意义。妻子甚至还威胁他，要他立即停止写诗，想办法去赚大钱，否则她就离开他。托马斯对妻子说："人的生命是有色彩的，金钱只是表面上的色彩，是最肤浅最容易褪色的色彩。真正的生命之美是一种心灵的追求，一种精神的享受，在我的生命中，只有诗歌才是一种真正的美！"妻子终于被打动，转而继续支持他旅行和写诗。

1954 年，托马斯出版了诗集《十七首诗》并获得好评。人们认为他已超越了保尔·瓦莱里的"纯诗"，自成一派，并且开启了新意象主义，被人们广为借鉴，就连大艺术家布罗茨基也成了他的忠实诗迷。此后，托马斯一发不可收拾，创作出《途中的秘密》《半完成的天空》《为生者和死者》和《悲哀贡多拉》等杰出诗作。并获得了彼特拉克奖、领航员奖等多项大奖，还多次成为诺贝尔文学奖候选人。遗憾的是，他一次又一次与此奖失之交臂。20 年前，诺贝尔文学奖得主沃尔科特由衷地说："瑞典文学院应毫不犹豫地把诺贝尔文学奖颁发给托马斯·特朗斯特罗默，尽管他是瑞典人。"

1990 年，托马斯因脑溢血导致右半身瘫痪，但他依旧坚持阅读和创作诗歌。他坐在轮椅上写下这样的诗句："诗是生命之颜色 / 追求一生 / 就是幸福一生……"

确实，美丽的生命必定会得到人们的珍惜和认可。2011 年 10 月 6 日，诺贝尔文学奖终于归属 80 岁高龄的托马斯。虽然他身患中风无法言语，但是当他的夫人告诉他这个消息时，托马斯的脸上还是露出了一丝淡淡的笑容，那是属于生命的微笑，属于生命的美！